Het boek van de herder

Joann Davis

Het boek van de herder

Vertaald door Ed van Eeden

Uitgeverij De Arbeiderspers
Amsterdam · Antwerpen

Oorspronkelijke titel: *The Book of the Shepherd*
Oorspronkelijke uitgave: HarperCollins Publishers, New York

Omslagontwerp: Bram van Baal
Omslagillustratie: Samuel Henry Baker, *A view of Borrowdale, England* / Fine Art Photographic Library / Corbis

ISBN 978 90 295 7173 9 / NUR 302

www.arbeiderspers.nl

Voor eenieder die roekeloos vrijgevig is
Of meedogenloos vriendelijk

Voor Kenny, Jenny en Colin

Inhoud

Een woord van de samensteller voor de lezer

De omstandigheden die *Het boek van de herder* omgeven zijn vreemd – mysterieus zelfs.

Het begon allemaal in 2007, toen ik een oude boerderij in Dorset, Vermont, kocht uit de nalatenschap van professor Orlando Roberts, een vooraanstaand docent klassieke talen aan het nabijgelegen Bennington College. De professor, een vrijgezel, had bijna vijftig jaar lang alleen in het huis gewoond. Bij het tekenen van de verkoopovereenkomst vernam ik dat hij geen erfgenamen had en dat hij had laten vastleggen dat alles in het huis eigendom zou worden van degene die het kocht.

Eerlijk gezegd had ik geen idee waar ik me in begaf. In de eufemistische taal van het vastgoed was de woning een opknappertje. In werkelijkheid was het een ruïne. Afgezien van de vele lekkende leidingen en krakende deuren, bevatte het huis ook een grote verzameling ordners, dozen, boeken en mappen, die in vrijwel iedere kamer rondslingerden. Het uitmesten van de studeerkamer van de oude professor alleen al leek een klus die meerdere dagen in beslag zou nemen.

Ik vond het in de studeerkamer. Het boek was gebonden in kalfsperkament, waarin een afbeelding van een herder gedrukt stond. Later kwam ik erachter dat de tekst geschreven was in een ongebruikelijke mengvorm van middeleeuws Engels en Nederlands. Tussen de bladzijden zat een velletje van professor Roberts' persoonlijke briefpapier, waarop genoteerd stond: 'Aangeschaft in de Old Barn Bookshop, Route 7. Moet worden vertaald.'

De aantekening was gedateerd 25 december 2007, wat een emotionele Kerst bleek te zijn geweest voor iedereen in het historische dorpje Dorset, omdat die dag hun oude buurtgenoot 'Old Orly' stierf aan zijn bureau – hij lag poëtisch in elkaar gezakt over een stapeltje kerstkaarten, vlak voor de open haard. Old Orly's hart, bekend om zijn warmte en vrijgevigheid, had het eenvoudigweg opgegeven.

Vanzelfsprekend was ik stomverbaasd, geïntrigeerd – en ik voelde het als een verplichting om te doen wat professor Roberts gewild had. Geholpen door vertaaldeskundigen van een aantal topuniversiteiten ben ik een jaar lang bezig geweest dit werk klaar te maken voor publicatie.

Heb ik mijn tijd zinvol besteed? Dat moet iedere lezer voor zich uitmaken.

Joann Davis
Dorset, Vermont, 2008

***

De wet moet worden gehoorzaamd

Hij was een kleine jongen, zo teerhartig en onschuldig als een lammetje in de lente. Hij was een goede jongen, die zijn gebeden zei en respect had voor zijn ouders. Maar op deze dag was hij een bange jongen die op het punt stond de withete pijn van een zweep tegen de achterkant van zijn benen te voelen.

'Alstublieft, vader,' riep de jongen, 'wees genadig!'

Maar de man was boos. Hij had de jongen gevraagd om bij dageraad op te staan en de marktkraam te voorzien van vers fruit en verse groente. De jongen wilde maar al te graag aan de wensen van zijn vader tegemoetkomen, maar had zich verslapen. Nu krioelde het op de markt van klanten, maar er was geen voedsel.

'Geen olijven of vijgen?' vroeg een stomverbaasde vrouw met een mand op haar rug. 'Geen rozijnen of honing? Wat is er hier aan de hand?'

De koopman probeerde de vrouw gerust te stellen door te zeggen dat ze later op de dag moest terugkomen voor de zoetste heerlijkheden voor de laagste prijzen. Maar toen ze de munten uit haar beurs besteedde bij de kraam van een concurrent, ontplofte de koopman.

'Luie jongen,' zei hij, terwijl hij zijn zoon bij de keel

greep en door elkaar schudde. 'Je stoot mij het brood uit de mond. Nu moet ik je een lesje leren dat je nooit zult vergeten.'

Terwijl de zon duchtig scheen, kwam het marktplein tot leven. Wevers onderhandelden met hun klanten. Pottenbakkers lieten hun wiel draaien. En vrienden liepen gearmd langs de marktkramen, lachend en pratend.

Maar de koopman kende geen vreugde – alleen blinde woede – toen hij achter uit zijn wagen een zweep pakte die gewoonlijk alleen gebruikt werd voor een onwillige ezel.

'Onnozele hals,' riep hij, zich opmakend om te slaan. 'Mijn wetten moeten worden gehoorzaamd.'

Als een storm boven zee die in kracht toeneemt, werd de woede van de man onbeheersbaar. Hij haalde uit, gooide de jongen tegen de grond, waarna hij hem tot bloedens toe sloeg. Het kind rolde weg in een poging de zweep te ontwijken, maar die bleef in een meedogenloze opeenvolging van slagen in zijn vlees striemen.

Het pak slaag schudde de nog altijd slaperige markt wakker als een wilde haan. Het slome publiek raakte al snel in beroering en velen stroomden naar de voedselkraam waar de afranseling werd gegeven. Sommigen riepen: 'Sla de jongen! Laat hem boeten!'

Er leek in de menigte maar één persoon aan het kind te denken.

Een herder die zijn schapen bij de waterplaats op de markt had laten drinken, liet alles vallen en rende ernaartoe toen hij iets hoorde wat klonk als een huilend kind. Hij had zijn dieren alleen gelaten bij de drinkbak om te hulp te schieten.

Maar de herder raakte beklemd in de opdringende mensenmassa, hij werd opgehouden door luidruchtige schreeuwers, jouwende toeschouwers en nieuwsgierige kijkers. Terwijl hij zich met zijn ellebogen een weg probeerde te banen tussen de zwaar tegen elkaar aan drukkende, zwetende lijven door, hoorde hij een oude man de wet inzake de schending van de kinderplicht aanhalen: 'Wee het kind dat zijn vader niet gehoorzaamt.'

Toen de herder er eindelijk doorheen brak, zag hij iets wat zijn voorstellingsvermogen overtrof. De jongen kroop door het stof aan de voeten van de koopman, die nog altijd woedend was en hem nog steeds achternazat. De man bleef op hem inslaan, terwijl de ophitsende menigte haar bloeddorstige wensen duidelijk maakte.

'Sla hem!' riep iemand. 'Sla hem!'

De jongen vertrok zijn gezicht – probeerde weg te duiken – maar er was geen ontsnappen aan de wrede zweep. Deze suisde door de lucht, zwiepte op hem neer en striemde de tere huid van de jongen zoals de doornige braamstruik vaak het vlees openrijt van lammeren die door de wildernis dartelen.

De herders eerste impuls was een eind te maken aan deze waanzin, naar voren te springen en de jongen te beschermen. Hij wilde de zweep uit de hand van de koopman rukken en de wreedheid direct beëindigen. Maar hij aarzelde, twijfelde, vroeg zichzelf af wat hij eigenlijk met deze zaak te maken had. De wet stond immers harde maatregelen toe? Wat zouden de ouden zeggen?

De gedachten flitsten door zijn hoofd als intense bliksemstralen door een verzengende zomerlucht.

En toen werd hij uit zijn toestand van verdoving geschud doordat hij de jongen hoorde roepen: 'Genade, vader', een jammerklacht die door de lucht en door het hart van de herder sneed. En toen wist hij het.

Niemand had het recht om deze jongen zo te laten lijden.

Geen wet stond toe dat deze pijn werd toegebracht.

De herder had zichzelf weer onder controle en drong door de menigte naar voren om de jongen te hulp te komen.

Maar het was te laat. Zonder waarschuwing legde de koopman de zweep neer. Hij was het eenvoudigweg moe geworden om de jongen te slaan. Verhit en afgemat legde hij de tak gewoon neer en ging wat te drinken halen voor zichzelf.

Teleurgesteld dat het schouwspel voorbij was, gingen de mensen uiteen. De herder stormde naar voren om de jongen te helpen, die nog altijd op de grond lag. De jongen beet op zijn lip en probeerde uit alle macht zijn tranen binnen te houden, in een poging net zo sterk te zijn als zijn vader hem geleerd had. Hij verzamelde al zijn krachten, krabbelde moeizaam overeind en accepteerde een slok water uit de veldfles van de herder voordat hij die vriendelijke man zijn striemen en zwellingen liet verzorgen. Beiden spraken weinig, maar deelden veel, waarna de jongen zijn eigen weg ging.

Die avond, toen de koopman het brood brak, vroeg zijn broer hem hoe zijn dag geweest was. 'Heel gewoon,' zei de man. 'Net als anders.'

Een zacht stemmetje

Stenig de bouwer die een huis optrekt dat op zijn bewoners ineenstort.

Hak de handen af van de misdadiger die vee of graan ontvreemdt, of andermans kledingstukken.

Gesel het kind dat een ouder trotseert. Want zo is de wet en de wet moet worden gehoorzaamd.

Generaties lang hebben deze ijzeren regels de mensen geregeerd. Niemand heeft zich afgevraagd of het juist was om een kind te vernederen of een misdadiger te executeren. Oog om oog was de manier waarop het ging in de wereld.

Maar was er een andere manier?

Dat vroeg de herder zich af. Terwijl hij uitgestrekt in het open veld lag, onder een deken van twinkelende sterren, dacht hij na over de dag. Die was begonnen in een nabijgelegen plaatsje, waar een boer gestenigd was omdat hij een zieke koe had verkocht. Iedere keer dat een steen de man raakte, had een bloeddorstige menigte een luid, enthousiast geschreeuw doen opgaan.

Later die morgen was de herder in een dorp geweest waar twee families een vete hadden om een gebarsten waterkruik. De pottenbakker die de gebroken kruik had verkocht, hield vol dat hij een eerlijke vergissing had gemaakt. Maar hij was naar een geselpaal geleid, waar hij veertig zweepslagen kreeg, terwijl de toeschouwers hem beschimpten en bespuwden.

Toen had de herder een jongen geholpen nadat hij een genadeloos pak slaag gekregen had van zijn vader. Dat was allemaal gebeurd in strikte overeenstemming met de wet. Maar het was genoeg om ieder godvrezend persoon zich te laten afvragen waar God die dag geweest was. Waarom had God geen hulp gezonden om het kind te sparen?

De herder sloot zijn ogen en was bezig in slaap te vallen toen hij een zacht stemmetje in zijn oor hoorde fluisteren: 'Ik heb hulp gezonden. Ik heb jou gezonden.'

Zo licht als een veer

De herder sliep.

Hij droomde dat hij op een verre plek met groene weiden was. Er waren daar geen doornige struiken waaraan zijn schapen zich konden prikken, of greppels waarin ze konden vallen. Het merkwaardigste van alles was dat er bij een splitsing van de weg een gerimpelde Oude Man op een houten kist aanwijzingen zat te geven.

'Hallo,' zei de Oude Man. 'Ben je naar iets op zoek?'

'Hoe wist u dat?' vroeg de herder.

'Door de uitdrukking op je gezicht. Veel mensen die hier komen zijn op zoek naar de nieuwe weg. Ik kan je die wijzen. Maar eerst moet je hart gewogen worden.'

De herder keek toe hoe de Oude Man een weegschaal uit de kist haalde.

'Nou zeg.' De Oude Man krabde zich op het hoofd. 'Waar is die veer?'

De Oude Man was blij als een kind in een speelgoedwinkel toen hij de veer op een van de schalen van de weegschaal legde. Toen haalde hij uit de borst van de herder diens hart, dat met een prettige, gezonde regelmaat klopte.

'Wat doet u?' vroeg de herder.

'Maak je geen zorgen,' zei de Oude Man. 'Het zit met een onzichtbare gouden draad aan je vast, dus er kan niets ergs gebeuren.' Toen was de Oude Man even stil en deed een stap achteruit. 'Goed, nu gaan we het afwegen,' zei hij. Daarbij legde hij het hart op de schaal tegenover die met de veer.

De herder keek vol verwondering toe. Het was nogal mysterieus om zijn eigen kloppende hart te zien, maar ook erg normaal.

Meteen zakte de kant van de weegschaal waarop het hart lag een stukje.

'Hm,' zei de Oude Man. 'Een beetje zwaar. Ben je ontmoedigd?'

'Doet dat ertoe?' vroeg de herder.

'Heel erg,' zei de Oude Man. 'Het is beter om met weinig bagage te reizen, zonder verdriet, woede of angst. Zonder jaloezie, oordeel of wrok.'

'Wat moet ik doen?' vroeg de herder.

'Beloof elke morgen, als je wakker wordt, aan de dageraad dat je je hart licht zult houden als een veer. En herhaal dat iedere avond bij de zonsondergang.'

'En als ik dat doe?' vroeg de herder.

Maar de Oude Man was verdwenen. De droom was voorbij.

Kaart naar de schat

De volgende morgen, bij het zien van de opgaande zon, beloofde de herder aan de dageraad dat hij zijn hart zo licht als een veer zou houden. Toen deed hij zijn sandalen aan, liet zijn schapen grazen en drinken, en ging op pad over de brede weg die naar het dorpje voerde. Zijn doel was de jongen te vinden en zich ervan te verzekeren dat de donkere wolken waren overgedreven.

'Hoe gaat het met je?' riep de herder toen hij de jongeling met zijn ezel zag staan voor een kleine woning die gemaakt was van witte bakstenen. De jongen was niet groter dan een zak tarwe. Hij had zwart haar en blauwe ogen en om een van zijn benen was een wit verband gewikkeld.

'Het gaat prima met hem,' zei een zoete, hoge stem.

Die behoorde toe aan een jonge vrouw met een olijfkleurige huid, die waarschijnlijk begin twintig was. Ze kwam uit de woning en ze vroeg zich af of deze onverwachte bezoeker de man was die de jongen de dag tevoren geholpen had op de markt. Hij was lang, slank en goed gespierd, met een staf in zijn ene hand, een weitas over zijn schouder en een kudde schapen rond zijn benen.

Omdat ze vreemdelingen wantrouwde, hield de jonge vrouw eerst afstand. Ze bleef achteraf staan tot ze zag hoe de herder zijn vingers door de vachten van elk van zijn dieren liet glijden, om er zo zachtjes de klitten en stekels uit te kammen.

'Wat zorg je goed voor je dieren,' zei ze, terwijl ze keek hoe zijn tedere hand de schapen liefkoosde.

'En zij voor mij,' antwoordde de herder. 'Ze houden me gezelschap als ik eenzaam ben. En ze bieden me 's nachts warmte als ik het koud heb.'

Hij stelde zich voor als Joshua, zoon van Isaäc, en zei dat hij een reis ging ondernemen. Toen stak hij zijn hand uit naar de jongen, David, en woelde vol warme genegenheid door diens haar, zoals hij dat bij een lam zou doen. De jongen kwam dicht bij hem staan.

'Waar ga je heen?' vroeg de vrouw, nadat ze verteld had dat haar naam Elizabeth was. Haar ogen schitterden en ze veegde haar ravenzwarte haren naar achteren, waardoor de fijne trekken van een rond gezichtje onthuld werden.

'Ik weet het niet zeker. Maar ik voel dat ik op zoek moet naar een nieuwe weg,' zei de herder. 'Daar heb ik over gedroomd.'

'Mijn grootvader had het over een nieuwe weg toen hij op sterven lag,' vertelde de vrouw. 'Grootvader voorspelde dat er een tijdperk van wonderen zal komen wanneer die ontdekt wordt.'

De ogen van de herder werden groot van verbazing. Ze waren donkerbruin, net als het schouderlange haar dat zijn vriendelijke, open gezicht omlijstte.

'Grootvader wilde zelf op reis gaan om die nieuwe weg

te vinden,' ging de vrouw verder, 'maar hij was al blind en ziek toen hij in het bezit kwam van de kaart.'

'Die kaart,' zei de herder, 'waar is die nu?'

'Bij mij,' zei de vrouw. 'Ik heb hem verborgen in mijn waterput.'

'Waarom ben je zo voorzichtig?' vroeg de herder.

'De nieuwe weg is machtig,' zei de vrouw. 'En machtige mensen zijn er bang voor. Hij kan alles veranderen.'

De woorden van de vrouw vervulden de herder met een dieper besef van urgentie en doelbewustheid dan hij tot dan toe had ervaren. Wie was deze vrouw? Er lag een bijzondere gloed over haar en ze gaf hem het gevoel dat hij thuis was. *Op zijn gemak.* Hij voelde dat er zaadjes van vriendschap geplant werden terwijl ze met elkaar spraken.

Maar voordat hij de kans had om nog iets te zeggen, leidde de vrouw hem naar een tafeltje dat aan de zijkant van het huis in de open lucht was neergezet. De zon stond hoog en was heet, maar de tafel stond in de schaduw van een oude olijfboom in volle bloei. De vogels vlogen af en aan tussen de takken, waar ze een nest bouwden van twijgjes en bladeren. De vrouw liet hem zien dat ze een blad vol vijgen, dadels, kaas en melk had klaargezet en nodigde hem uit zich bij hen te voegen.

Joshua accepteerde die uitnodiging, maar keek naar het huis. Dat zag er donker en leeg uit. Misschien was Davids vader naar het veld gegaan en zou hij snel weer terugkomen.

'De koopman,' vroeg Joshua, toen de jongen buiten gehoorafstand was. 'Verwacht je hem terug?'

'In ieder geval niet snel,' zei Elizabeth. 'Omdat Davids vader nog altijd boos is om wat er op de markt is gebeurd, heeft hij hem verstoten. Ik zorg nu voor hem.' Toen legde ze hem uit dat zij en de jongen te horen hadden gekregen dat ze een nieuw onderkomen moesten zoeken.

Overmand door droefheid schudde de herder zijn hoofd. Hij vroeg zich af hoe het hart van de koopman zo'n kluis vol vijandigheid had kunnen worden. Hoe was het zo misvormd geraakt?

Elizabeth zag de bezorgdheid in Joshua's ogen. Na de maaltijd liet ze David zijn fluit en haar tamboerijn uit het huis halen. Toen begon ze een levendig ritme te slaan en ze dansten en lachten alledrie tot hun buiken pijn deden.

Nadat de middagzon zich verplaatst had naar de westelijke hemel, vroeg Joshua toestemming om in de hooiberg te slapen. Zijn plan was om de volgende dag vroeg op pad te gaan.

Elizabeth stemde direct in en verraste hem vervolgens.

'Mogen we je vergezellen op je reis?' vroeg ze.

Het begin van de reis

En zo gebeurde het dat ze begonnen aan hun voettocht, geleid door de kaart die ze uit een aardewerken pot op de bodem van de put hadden gehaald.

Ze liepen door dorpen en steden. Ze trokken over heuvels en bergen. En aan het eind van de eerste dag bevonden ze zich in een ver gehucht. Daar ontmoetten ze de Verhalenverteller.

Hij zat op de grond naast een opbollend windscherm op het plein. Hoewel kort van stuk, was hij statig van voorkomen, hij droeg een gouden sjerp om zijn leliewitte tuniek en een helderrode tulband stond hoog boven op zijn hoofd. Om hem heen lagen stapels in leer gebonden boeken, riemen papyrus, ganzenveren en inkten in vele kleuren.

'Ga zitten! Kom erbij!' riep de Verhalenverteller hun toe, wijzend op een paar kussens om hem heen. Alsof hij gasten verwachtte, had hij brood, vis, wijn en olijfolie klaargezet, genoeg om een kleine groep te voeden. 'Mijn tafel is overvloedig en ik verwelkom jullie gezelschap,' zei hij.

'Dank voor je vrijgevigheid, vriend,' zei de herder. 'Onze magen zijn leeg, maar onze beurzen ook. Hoe kunnen we je dit vergoeden?' Terwijl hij sprak, rommelde zijn maag. David en Elizabeth keken allebei verwachtingsvol toe.

'Een verhaal is voldoende,' zei de man. 'Ik verdien mijn geld met het vertellen van verhalen. En ik word het nooit moe ze te horen.'

Dus aten en dronken ze naar believen. En toen vertelde de herder een verhaal.

Het verhaal van de herder

'Er was eens een jongen die zich het meest thuis voelde in de schuur als in het voorjaar een varken of een koe aan het jongen was. Doorgaans waren zulke bevallingen doodgewone, zij het bloederige gebeurtenissen – lange uren van hard werken, waarna een gelukkige jongen een nieuwgeboren dier tegen zijn borst drukte.

Maar op een dag, toen er net een stel lammeren geboren was, vroeg de vader van de jongen met een ernstige stem om water.

"Gaat u hun ogen schoonwassen?" vroeg de jongen onschuldig.

"Nee," antwoordde zijn vader. "Er is een ondermaats dier geboren."

"Waarom hebt u dan water nodig?" vroeg de jongen.

"Om het uit zijn ellende te verlossen," zei de man.

"Bedoelt u dat u het gaat verdrinken?" vroeg de jongen. Hij werd radeloos en smeekte zijn vader hem te verdrinken in plaats van het dier.

"Doe niet zo dwaas," schimpte de vader. "Om in de wereld te kunnen overleven zul je een dikkere huid moeten ontwikkelen, zoals die van het vee."

Nu was het een vasthoudende jongen, die zich niet gemakkelijk opzij liet schuiven. Hij bleef toestemming vragen om het ondermaatse dier, dat zo klein was dat het praktisch in de palm van zijn hand paste, te mogen houden.

"Raar kind," zei de vader. Maar hij was het argumenteren moe en gaf toe.

In de dagen die volgden maakte de jongen een nest van oude lappen en voedde hij het ondermaatse lam twee keer per dag met melk van de moederooi. In het begin deed het ondermaatse dier zijn ogen niet open, maar snuffelde het in de lucht als de jongen dichterbij kwam. De plaatselijke veehoeders bulderden van het lachen toen ze hoorden dat de jongen de melk door het ondermaatse dier van zijn vingers liet likken. "Welke dwaas laat zijn zoon een verpleegster worden voor een blind en stom ondermaats lam?" vroegen ze.

Mettertijd werd het ondermaatse dier net zo sterk en gezond als zijn broers en zussen. Op een dag, nadat bijna een jaar voorbij was gegaan, zei de vader van de jongen dat hij zijn schaap moest halen. Er was markt en de dieren moesten op de wagen gezet worden. De jongen smeekte zijn vader het dier te sparen. Maar zijn vader liet zich niet vermurwen.

"Zoon," zei de vader, "dit is de manier waarop het gaat in de wereld."

"Kunnen we de wereld niet opnieuw maken?" vroeg de jongen. "Gooien pottenbakkers geen nieuwe ontwerpen op hun draaiwielen? Gaan bouwers niet op zoek naar betere fundamenten, door stenen te verruilen voor zand?"

"Je bent een boerenzoon, niet geboren om macht te hebben," zei de boer.

"Heb ik dan niet de macht van één mens?" vroeg de jongen.

Die dag,' vervolgde de herder, 'ging de man naar de markt, terwijl hij het schaap bij de jongen liet. Ik was die jongen. En ik heb gezworen dat mijn schaap nooit het koude, scherpe snijvlak van een slagersbijl zou voelen. En daarom verdien ik mijn geld met de verkoop van wol.'

'Ah,' zei de Verhalenverteller, 'nu ken ik jou. Een man met een eigen wil. Dank je voor het vertellen van je verhaal.'

Elizabeth was de volgende die sprak. Haar stem was zo zacht als een woestijnbriesje.

Het verhaal van Elizabeth

'Er was eens een vrouw die grote rijkdom bezat en in een koninklijk huis woonde. Haar gewaden waren gemaakt van zijde en haar tafelkleden waren geweven van gouddraad. Ze dronk uit gouden bokalen en at van zilveren borden.

Maar ze was niet gelukkig, en dus riep ze op een dag haar dienstmeisje.

"Wie is er groter?" vroeg de vrouw aan haar bediende. "Degene die aan de tafel zit of degene die bedient?"

Het dienstmeisje zweeg. Ze wilde de vrouw niet beledigen. En ze kon ook niet liegen.

De rijke vrouw drong aan op een antwoord en uiteindelijk gaf het meisje toe.

"Mevrouw," zei het dienstmeisje, "zijn degenen die aan de tafel zitten groot als ze de slaven zijn van hun eigen zelfzuchtige behoeften en verlangens? Zijn degenen die aan de tafel bedienen minder als ze de vrijheid hebben om lief te hebben? De gever van liefde ontvangt. Degene die begrijpt, wordt begrepen. Degene die troost, ontvangt troost. Dat is de hogere wet."

Die dag werd de bediende vrijgelaten omdat ze harde dingen zacht en zachte dingen hard gezegd had. Het meisje ging naar huis om haar stervende grootvader te bezoeken, zwierf daarna over het platteland totdat ze werk vond bij een koopman. Toen de koopman zijn zoon verstootte, nam het meisje de zorg voor de jongen op zich. Ik was dat meisje,' zei Elizabeth. 'Nu ben ik mijn broeders hoeder.'

'Ah,' zei de Verhalenverteller, 'nu ken ik jou. Iemand die de waarheid vertelt.' De Verhalenverteller bedankte Elizabeth voor haar verhaal.

'En jij, kleine?' vroeg de Verhalenverteller, terwijl hij zich naar de jongen toe keerde. 'Welk verhaal heb jij te vertellen?'

'Geen verhaal van iemand die zoekt of de waarheid vertelt,' zei de jongen. 'Mijn verhaal is dat van mijzelf. Want ik ben David, de zoon van niemand. Mijn moeder stierf toen ik geboren werd. Mijn vader sloeg me, noemde me stom en lui, en verstootte me op een dag. Nu ben ik een wees zonder moeder, zonder huis en zonder geboorterecht.'

De jongen stopte met praten en keek omlaag, naar zijn stoffige voeten. Ze waren rood en deden pijn door het lopen van vele mijlen in zijn kapotte oude sandalen. Het leer was versleten en de riempjes waren stuk.

'Ach, ach,' zei de Verhalenverteller, die de jongen had aangehoord. 'Dat is een droevig verhaal van iemand die zo jong is.'

'Twijfel je aan hem?' protesteerde Elizabeth. 'De jongen spreekt uit zijn hart.'

'Iedere verteller maakt keuzes,' zei de Verhalenverteller. 'Sommigen hullen hun personages in wanhoop, terwijl anderen ervoor kiezen hen met hoop te bekleden. Sommigen beschouwen de wijnkruik als halfleeg; anderen zien hem als halfvol.' Hij wees naar de karaf op de tafel die voor hen stond.

'David,' zei de Verhalenverteller, 'waar verdriet was, bracht je zuster vreugde. Waar eenzaamheid was, bood de herder je gezelschap.'

De jongen ging rechtop staan en luisterde zwijgend.

'Misschien kun je de bladzijde omslaan en een nieuw verhaal vertellen, eentje waarin een nieuwe jongen loopt op nieuwe sandalen. Want de oude, afgedragen sandalen zijn afgeworpen als de droge, gescheurde huid van een slang.'

De jongen dacht na. Elizabeth ging vlak bij hem zitten en pakte zijn hand. Toen klaarde zijn gezicht op en werd levendig.

'Ik ben David, de broer van Elizabeth. Hoewel mijn moeder stierf toen ik geboren werd en mijn vader me vervloekte, sta ik er niet alleen voor. Mij is het geluk ten deel gevallen mijn zuster en de schaapherder te hebben, die allebei zachtmoedig en vriendelijk zijn. En mijn ezel houdt ook van me.'

'Ah,' zei de Verhalenverteller. 'Geen slachtoffer, maar een overlever. Nu kennen we jou, David, de gelukkige jongen.'

Het verhaal van de Verhalenverteller

Nu hun verhalen verteld waren, zagen de drie reizigers dat de late middagzon begon te verdwijnen. Het was tijd om een rustplek te zoeken voor de schapen en de ezel en zich terug te trekken in een nabijgelegen herberg. Maar toen ze zich al opmaakten voor hun vertrek, wendde de herder zich tot de Verhalenverteller.

'En jij, vriend. Zou je ons, voordat we elk onze eigen weg gaan, de eer willen verschaffen om een verhaal te vertellen?'

In plaats van meteen te antwoorden, stak de Verhalenverteller zijn tong uit en liet die heen en weer gaan, alsof hij een slang nadeed die op het punt stond toe te slaan. Daarna vertelde hij over Kulfi, de Slangenbezweerder, een man die gegeten had van de boom van uitzonderlijke kennis. Een man die vaak vastte en sliep op een spijkerbed. Een man wiens naam alleen al ontzag inboezemde bij velen die hem nog nooit gezien hadden.

'Kennen jullie het verhaal van Kulfi?' vroeg de Verhalenverteller.

Het verhaal van Kulfi, de Slangenbezweerder

'Op een dag kondigde Kulfi aan dat hij van plan was een demonstratie te geven. Mensen kwamen van heinde en verre om de benige kleine man te zien met zijn grote witte tulband en zijn zwarte, borstelige snor. Toen ze aankwamen, zat Kulfi met gekruiste benen op een heuveltop, voor hem stond een mand met een slang erin. Hij vroeg iedereen een gebed uit te spreken, om hem te beschermen en de slang te kalmeren. Toen sloot hij zijn ogen, zoog zijn buik vol lucht, en al gauw vloeide het dunne, exotische geluid van een uiterst zinnenstrelende melodie uit zijn fluit.

De tijd vergleed, maar er gebeurde niets. Zou de grote Kulfi in staat zijn om de slang uit de mand te laten komen? De mensen in de menigte werden onrustig en begonnen te draaien. Ze hadden veel geld betaald om Kulfi te kunnen zien en verwachtten een fraai schouwspel.

En toen, juist op het moment dat ze hun geduld begonnen te verliezen – hop! Daar vloog het deksel van de mand af en stak de slang zijn kop naar buiten. Het was een geel met zwart schepsel, bedekt met diamantvormige vlekken, dat heen en weer wiegde, klaarblijkelijk gefixeerd door de muziek.

"O!" psalmodieerden velen in de menigte. Hoe deed Kulfi dat? Wat was hij voor een man?

Toen de slang volledig ontrold was en hoog in de lucht danste, boog Kulfi naar voren. De menigte was gespannen, vroeg zich af wat de waaghals nu toch zou gaan doen. Toen stak Kulfi zijn nek uit, kwam gevaarlijk dicht bij de slang en drukte het dier een kus op zijn kop! Dit was meer dan iemand had durven hopen. De grote Kulfi maakte de dood het hof!

Maar één jongen was niet onder de indruk. Omdat hij vast zat achter een dikke dame met overvloedige vetrollen, kon de jongeling niets zien. Hij wurmde zich tussen het publiek uit, vond een boom en klom op de hoogste tak; hij ging zitten waar de mussen en de adelaars hun nesten maakten.

Vanaf zijn zitplaats had de jongen een prachtig zicht op de fluitspelende Kulfi. De slang bewoog zinnelijk, de menigte was gefixeerd. Het was niet duidelijk wie er meer betoverd was – de slang die danste op Kulfi's muziek of de menigte.

Toen zag de jongen dat Dodo, Kulfi's assistent, op zijn tenen achter het publiek langs liep. Wat was dat? Bedrogen de ogen van de jongen hem? Kon het zijn dat Dodo zichzelf de gordeltassen en beurzen van de toeschouwers toe-eigende, en hun bezittingen in de mouw van zijn tuniek liet glijden?

"Kijk!" riep de jongen uit, "Dodo de Zakkenroller heeft zijn hand waar die niet hoort!"

“Stil, jongen!” schreeuwde een vrouw. “Je verpest het schouwspel!”

Later, toen de voorstelling voorbij was, kroop de jongen naar Kulfi’s kamp en zag dat de slangenbezweerder en Dodo hun gestolen buit verdeelden. Naast Kulfi lag het mes dat hij gebruikt had om de gifklieren van de slang uit te snijden en de naald die hij gebruikt had om de kaken van het reptiel op elkaar te naaien.

Die dag,’ zei de Verhalenverteller, ‘kreeg de jongen een afkeer van menigten die stroopsmeren en meesmuilen, en van de Mensen van de Leugen, die betoveren en verleiden. Hij begon het hogerop te zoeken, waar het zicht beter was. Ik weet dat,’ zei de Verhalenverteller, ‘omdat ik die jongen was. Nu kijk ik met mijn eigen ogen en bezit ik mijn eigen gaven, zoals elk van ons moet doen.’

De Verhalenverteller zweeg even en keek naar zijn bezoekers, die er nog lang niet aan toe waren om te vertrekken.

‘Jullie zijn ver van huis,’ zei de Verhalenverteller. ‘Waar gaan jullie heen?’

‘Op zoek naar de nieuwe weg,’ zei de herder.

‘Daar zijn al velen naar op zoek gegaan,’ zei de Verhalenverteller. ‘Niemand is teruggekeerd. Misschien beseften ze niet dat het vinden ervan vereist dat ze voortbrengen wat er in jezelf is, want wat je voortbrengt zal je redden.’

‘Verhalenverteller, je spreekt in raadselen. Wat bedoel je?’ vroeg de herder.

'Dat zul je spoedig genoeg weten,' zei de Verhalenverteller, 'als het laatste hoofdstuk geschreven is en de held verschijnt.'

Daarmee sloot de Verhalenverteller het boek van die dag. De reizigers bedankten hem voor zijn vrijgevigheid en gingen op zoek naar een plek om de nacht door te brengen.

De onwillige soldaat

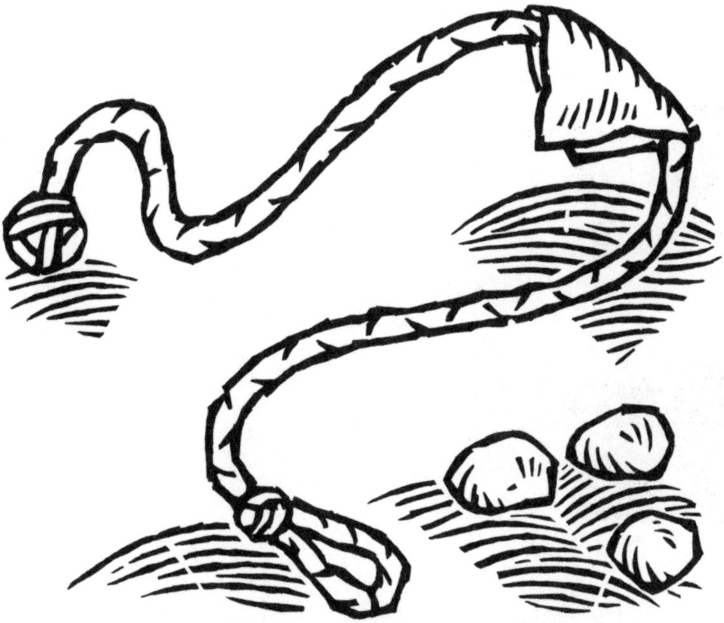

De mystieke gloed van de zonsondergang had zich over het land uitgespreid. Niemand hield meer van dit deel van de dag dan Joshua.

Nadat hij zijn schapen en Davids ezel ter ruste had gelegd, en Elizabeth en David had ondergebracht in een herberg, keek Joshua naar de horizon. Het was een opzienbarende avond, helder en prettig. De warme oranje zon begon te verdwijnen als een balletje in een goochelnummer, door weg te glijden achter de verre heuvels. Hoe vaak had Joshua als kind niet in een wei gelegen of op een berg gestaan om het licht te zien wegzakken. Nu herinnerde de zonsondergang hem eraan dat hij zijn hart zo licht als een veer moest houden.

Net als zijn moeder en grootmoeder vóór hem, was Joshua een simpele ziel. Terwijl anderen de wereld in trokken om grote vermogens te vergaren en persoonlijke erfenissen na te laten, was het zijn hoop om rechtvaardig te handelen, vergevingsgezind te zijn en nederig over de aarde te lopen. Hij had deze prikkels voor het eerst als jongetje gevoeld, toen hij in de schuur werkte, waar hij zorg droeg voor de dieren als een moederkip voor haar kuikens. Daar was hij het leven gaan zien als een groot tapijt, met liefde en zorg als de belangrijkste draden.

Later, als jongeman, had hij samen met zijn moeder en grootmoeder in het huis gewerkt. Deze twee vrouwen bakten brood en droegen water, maar ze waren ook vroedvrouwen die hielpen bij de geboorten van kinderen uit de buurt. Als ze hun ezelswagen klaarzetten om te gaan assisteren bij een bevalling, namen ze Joshua vaak mee als hulp. Bij die vele uitstapjes leerde hij hoe een vriendelijk gebaar een vrouw met weeën kan troosten; hoe een natte doek een zwetend voorhoofd kan verkoelen; hoe een zacht woord een voedende moeder rust kan geven; en, vooral, hoe breekbaar en kostbaar het menselijk leven is.

Toen hij zestien werd, stelde de laatste van die lessen hem op de proef.

Een koninklijke boodschapper kwam op Joshua's verjaardag naar de boerderij met een oproep voor militaire dienst. De Koninklijke Verdedigingsmacht bereidde zich voor op een oorlog en Joshua was een van de velen die het bevel kregen hun huis te verlaten en zich te melden bij het trainingskamp. Degenen die weigerden werden in de boeien geslagen en gestenigd.

'Hoe moet ik vechten?' vroeg hij zijn moeder.

Ze hield zijn hand vast en huilde, maar kon hem geen antwoord geven.

'Dus dit is de slappeling,' zei de kapitein van de wacht toen Joshua bij het kamp aankwam.

Hij schopte stof naar de jongeman om te zien hoe die zou reageren.

Joshua stond bewegingloos en zei niets.

Toen wierp de kapitein de jongeman een katapult toe en vroeg hem daarmee een vogel neer te schieten. Joshua kende het wapen niet en ging er onhandig mee om, waarbij hij toegaf dat hij niet wilde doden.

'Dus ik denk dat we jou een vreedzame strijder kunnen noemen,' zei de kapitein lachend. 'Wat hebben we aan jou als de vijand binnenvalt?'

De jongeman liet de plagerij en de spotternijen langs zich heen waaien als een koele middagbries. Maar toen hij naar de kapitein keek, zag hij dat het paard van de militair mager was. De ribben van het dier waren zichtbaar en zijn blik was glazig. De jongeman aaide het paard zacht, waarop het zijn staart hief en brieste.

'Weet je iets van dieren?' vroeg de kapitein. Het verbaasde hem dat de jongeman de zwakte van het paard opmerkte.

'Dit dier heeft direct een speciaal soort wortel in zijn voer nodig,' zei de jongeman. 'We hebben geen tijd te verliezen.'

De kapitein luisterde goed. Dit was zijn favoriete paard en het dier werd elke dag magerder. Spoedig zou het te zwak zijn om te berijden.

Hij bracht de jongen naar de stal en liet hem de rest van het vee onderzoeken. De jongen wist extreem veel van allerlei soorten dieren – varkens, geiten, kippen en schapen.

Toen hij zag dat de tedere hand van de jongen van de koe naar het varken naar de hond ging, besloot de kapitein een verzoek bij de koning in te dienen om de jongen toe te staan in de schuur te werken. Hij was er maar een poosje, maar de zieke dieren werden beter. Het aantal nieuwgeboren dieren nam toe. En al snel barstte de schuur uit zijn voegen door het nieuwe leven.

'We moeten wat dieren weggeven aan onze buren,' zei de jongeman tegen de kapitein. De militair zat op zijn favoriete hengst, die weer helemaal hersteld was, toen Joshua deze suggestie deed. Het hart van de kapitein was minder hard geworden door Joshua's zachte manier van doen.

'Wat zal de koning daarvan zeggen?' vroeg de kapitein zich hardop af. 'Hij zou zijn buren liever een koekje van eigen deeg geven.'

Maar na een levendige woordenwisseling stemde de koning erin toe om een karavaan van dieren naar zijn vijand te sturen. Hongerende kinderen kregen melk van de koeien. De ouden van dagen ontvingen eieren van de kippen. Harten die zich hadden afgesloten, bloeiden open. En al gauw was er een wapenstilstand. De koning ontdekte dat hij kon leiden door te dienen, en helen door lief te hebben – en dat hij daarmee verrassende en machtige resultaten kon boeken.

Vier jaar nadat hij aan zijn militaire dienstplicht was begonnen, mocht Joshua van de koning afzwaaien en werd hij met een kudde schapen op pad gestuurd. Hij ging naar huis om zijn familie te bezoeken en begon te trekken, onzeker van zijn bestemming. Hij zwierf doelloos rond totdat hij zag hoe een man zijn kind sloeg, een calamiteit die ervoor zorgde dat hij zich afvroeg of er hoop was voor een wereld waarin geweld net zo vanzelfsprekend vloeide als moedermelk.

Die vraag vroeg om een antwoord. Dat hoopte hij te vinden.

Maar nu was hij moe. De zon was verdwenen en langzamerhand vervangen door een koepel van sterren. Hij ging terug naar de herberg, klom naar de hooizolder en was al gauw in een diepe slaap verzonken.

Een zijden beurs van een zeugenoor

Ze stonden vroeg op, raadpleegden de kaart en liepen al over de stenen weg toen ze zijn stem hoorden.

'Mi mi mi mi,' klonk het krassen. 'Mi mi mi mi.' Wie er ook aan het zingen was, het klonk zo vals dat David zijn oren bedekte.

'Mi mi mi mi!' vervolgde de man.

Ze sloegen een hoek om en daar stond hij, voor de winkel van een apotheker. Met zijn grote ogen, dikke buik en kale hoofd leek hij net een duikelaartje met een snoer van kralen en schelpen om zijn middel en gevlekte veren op de schouders van zijn kleding genaaid. In plaats van de traditionele witte tuniek waar mannen in dat warme klimaat de voorkeur aan gaven, was zijn tuniek kobaltblauw.

'Lieve hemel,' zei hij, toen hij hen aan zag komen. Hij verwachtte geen gezelschap en was hevig geschrokken.

'Ik was net mijn longen aan het oefenen,' legde hij uit. 'Dat doe ik elke dag om mezelf fit te houden.'

Hij stelde zich voor als Orion, de Apotheker, en nodigde hen uit om in zijn winkel thee te komen drinken. Verheugd omdat ze een verfrissing kregen aangeboden, traden ze een wanordelijke ruimte binnen vol drankjes, kruiden, stukjes ijzer en metaalvijlsel. Op de muur waren tekens, wiskundige formules, huismiddeltjes en kernachtige gezegden geschilderd. Boven een tafel, waaraan hij hen uitnodigde te komen zitten, hing ook een handgetekende landkaart.

'Waar zijn die rotsen?' vroeg de herder, terwijl hij van heel dichtbij naar de afbeelding keek. De kaart leek sterk op die van Elizabeth.

'Boven de grot die uitkijkt op de Grote Binnenzee, op een paar dagen reizen van hier,' zei de Apotheker. 'Soms ga ik daar stenen en schelpen halen voor mijn experimenten.'

'Kent u de grot goed?' vervolgde de schaapherder.

'Alleen van reputatie,' zei de Apotheker. 'Het is een gevaarlijke plek, die vaak onder water komt te staan. De grot trekt mensen aan die de nieuwe weg zoeken. Velen zijn erin gegaan, in de hoop geheimen te ontsluieren, en niemand komt eruit.'

De ogen van de herder werden groot van verbazing. Hij liep over van vragen, maar David was hem voor.

'Wat bent u aan het maken?' vroeg de jongen. Hij stak zijn neus in een paar koperen potten waar damp uit kwam.

'Een zijden beurs van een zeugenoor,' zei de Apotheker.

'Echt?' vroeg David. De jongen leek even in verwarring, terwijl hij op een verklaring wachtte.

'Je bent toch weleens in het slachthuis geweest?' vroeg de Apotheker. 'Dat is een naargeestige plek, vol bloed en stolsels. Ik probeer er zelf bij vandaan te blijven. Maar toen ik er op een keer was, zag ik hoe een vrouw een zeugenoor van de afvalhoop met huid en ingewanden haalde. Later op de markt zat ze aan haar werkbank kralen op dat vreemde, ruwe ding te naaien, waardoor het een fraaie beurs werd voor een edele dame. Een verbazingwekkend staaltje van transformatie. Nou, dat heeft me aan het denken gezet. Als een rups kan veranderen in een vlinder en een knop kan uitgroeien tot een bloem, wat is er dan nog meer mogelijk? Kan ijzererts tot goud worden omgevormd?'

'Ik weet het niet,' zei de jongen.

'Natuurlijk weet je dat niet,' zei de Apotheker. 'Maar je geest staat er voor open. Nog vol mogelijkheden. De criticasters met hun constante gepraat over wat kan en niet kan, hebben jouw hoop en je dromen nog niet gestolen. En de mijne ook nog niet. Ik doorgrond de raadselen en ben op zoek naar de grenzen van wat mogelijk is.'

Terwijl de Apotheker sprak, dacht de herder aan het ondermaatse lam dat hij had grootgebracht. De mensen hadden hem uitgelachen toen hij melk voor het dier haalde. Maar het lam was gegroeid.

Elizabeth dacht aan de koninklijke vrouw die haar had vrijgelaten. Mensen zeiden dat slaven zich nooit mochten uitspreken tegenover degenen die de macht hadden. Maar Elizabeth had zich durven uitspreken en had haar vrijheid verdiend.

'Wat zit hierin?' vroeg David. Hij gluurde in een grote ijzeren pot die een dikke wolk witte rook uitspuwde, die de lucht in krulde als dampen uit een toverlamp.

'Iets wat ik ontwikkeld heb voor een wanhopige moeder, die een kind had dat aan een geheimzinnige ziekte leed,' zei de Apotheker. 'De doktoren hadden de hoop opgegeven voor hun jonge patiënt. Maar toen de moeder me om hulp smeekte, heb ik haar gegeven wat ik aan elke bezorgde vriend geef – een kop thee – maar ik heb ook met haar gebeden, waarbij ik een oude bezwering heb gebruikt. Tegen alle verwachtingen in werd de jongen beter. Al gauw stonden de mensen in de rij voor mijn winkel en vroegen ze me wat van mijn elixer.'

De jongen had nog vele andere vragen, maar Joshua onderbrak hem.

'De reis die voor ons ligt is lang,' zei hij. 'We moeten gaan.' De herder bedankte de Apotheker voor zijn vriendelijkheid, waarna hij en de anderen zich opmaakten om verder te gaan.

Toen ze naar buiten liepen, hoorden ze de Apotheker roepen.

'Vrouw!' schreeuwde hij, terwijl hij uit zijn winkel kwam rennen. Hij ging naar Elizabeth en drukte haar een zakje in haar hand. 'Dit middel kan van pas komen. Het is erg krachtig.'

Elizabeth bedankte de Apotheker voor zijn vriendelijkheid. En de reizigers gingen verder.

Zien is geloven

Abba en Babba, Jonah en Iona, Little en Fiddle, Lev en Zev... Zev?

'Waar is hij gebleven?' vroeg David. 'Ik zie hem niet.'

Een schaap te zijn betekende een eentonig leven. Grazen, slapen, drinken, lopen, dekken, jongen, wol produceren. Schapen deden weinig anders – behalve af en toe van het pad afdwalen. Dat leek gebeurd te zijn met Zev, het zwarte schaapje met de vochtige ogen, en David maakte zich er zorgen over.

'Hij is waarschijnlijk weggeglipt om wat bessen op te peuzelen,' zei de herder. 'Je weet wat een rakker hij is.'

David knikte, maar hij wilde het afgedwaalde dier weer terugvinden en meteen weer terugleiden naar het rechte pad. Joshua stemde ermee in en liep terug de heuvel af. Hij daalde af tot hij bij een richel kwam waar hij rook van een kampvuur zag opstijgen. Een broodmagere man met een lendendoek zat op de grond, vlak bij het vuur, de warmte op te zuigen.

'Hallo, oude man. Heb je mijn verdwaalde schaap gezien?' vroeg Joshua.

'Ik heb niets gezien,' zei de oude man. 'Ik ben blind.'

'Ah,' zei de herder, 'neem me niet kwalijk dat ik je lastiggevallen heb, vriend.'

'Maar ik kan je wel vertellen waar je schaap is,' zei de Blinde Man. 'Hij zit vast in een braamstruik. Luister.'

Er klonk een ritselend geluid uit de bosjes en na een paar seconden kwam er een schaap uit rollen.

'Wil je die schrammen soms schoonmaken?' vroeg de Blinde Man.

'Hoe wist je dat onze Zev gewond is geraakt?'

'Ik zie met mijn oren, voel met mijn geest en weet met mijn hart. Doe ik al sinds ik een jongen was.'

'Werkelijk bijzonder,' zei de herder. 'Ja, het zou goed zijn om water te hebben.'

'Probeer de beek voorbij de bergkam. En spring er vooral ook in. Erg verfrissend!'

De herder lachte. De Blinde Man bleek een nogal opmerkelijke vent te zijn. Hij zat met gekruiste benen op de grond, omgeven door de belangrijkste basiselementen van het leven – takken voor een vuur, bessen voor het ontbijt, een paar katoenen tunieken, een waterveldfles en een stok om mee te lopen.

'Ik ben Joshua,' zei de herder, en toen vroeg hij: 'Leef je hier in de wildernis?'

'Waar anders?' zei de Blinde Man. 'En jijzelf?'

'Gewoon onderweg, op pad naar de grot.'

'Aha,' zei de Blinde Man. 'Je bent op zoek naar de nieuwe weg. Degenen die daarnaar op zoek gaan, komen niet terug.'

Toen beschreef de Blinde Man de weg ernaartoe, die werd geteisterd door dieven. Hij drong erop aan voorzichtig te zijn op het pad naar de top van de bergkam, vanwaar de Grote Binnenzee zichtbaar zou zijn. En hij beschreef wat de reizigers konden verwachten.

'Vanaf dat punt,' zei hij, 'slingert de weg naar beneden. Rust morgenochtend bij de kust – je zult je kracht nodig hebben. Volg dan de zon terwijl die naar het westen trekt, volg de kust totdat je een groepje hoge bomen ziet. De grot is er vlakbij.'

De herder vertelde de Blinde Man dat hij had gehoord dat de grot onderliep. De Blinde Man luisterde en begon met zijn handen te fladderen.

'Let op de vogels. Zij zullen je tonen wanneer het de juiste tijd is om naar binnen te gaan. De vogels gaan alleen de grot in als het water het laagst is, als er genoeg lucht is. Maar wees snel! Je zult erg weinig tijd hebben om te krijgen waar je naar op zoek bent.'

'Hoe kan ik je dit vergoeden?' vroeg Joshua.

'Kom bij me aan het vuur zitten met je gezin. Houd me gezelschap.'

En zo verbleven ze bij de Blinde Man. Ze zaten bij zijn vuur en luisterden toen hij zijn verhaal vertelde.

Het verhaal van de Blinde Man

'Ik ben blind geboren. Toen mijn vader vernam dat zijn zoon op de wereld gekomen was met twee zwarte gaten in zijn hoofd, zei hij tegen mijn moeder dat ze me in de put moest werpen. "Stel het niet uit, anders raak je aan hem gehecht," zei hij. Hij was een praktische man.

Omdat ze wist dat ze hem niet kon gehoorzamen, bedacht mijn moeder snel een plan om mijn vader voor de gek te houden. Toen hij naar bed ging, wikkelde ze me in een deken en bond ze me met een lange tak van een druivelaar vast aan een groot varenblad. Vervolgens legde ze me in het zachte stroompje van de rivier en bad dat stroomafwaarts iemand me zou redden. Ze wist dat het seizoen om te planten aan de gang was en dat de boeren op de oevers zouden zijn om de grond vroeg in de morgen te bewerken.

Toen mijn vader wakker werd, vertelde mijn moeder dat ze gedaan had wat hij haar had opgedragen – mij in de verlaten put gooien. Er was een vos gekomen die me had verscheurd, zei ze.

Mijn vader voelde dat er iets mis was, dus vroeg hij om een bewijs. Mijn moeder had al verwacht dat zijn zwarte hart op zijn minst zoiets zou willen. Daarom was ze al naar het slachthuis geweest om de ingewanden van een varken te halen, die ze op een blad legde en voor hem neerzette. De grote, ruige sukkel die mijn vader geweest moet zijn, dronk zijn wijn op en ging naar zijn werk, alsof het een dag was als alle andere.

Wat mijzelf betreft, ik dreef naar een plek daar ver vandaan, waar een boerengezin mijn ziel laafde met vriendschap en liefde. Later, toen ik opgegroeid was, spoorde mijn moeder me op voordat ze stierf, zozeer speet het haar dat ze me had moeten laten wegdrijven.'

'Oude man,' zei Elizabeth, 'je raakt mijn hart. Wil je ons vergezellen op onze reis?'

'Een man moet alleen zijn eigen pad bewandelen,' zei de Blinde Man. 'Nooit het pad van iemand anders, of zijn voeten zullen moe en pijnlijk worden. En zelfs als hij aankomt, zal hij zich verdwaald voelen. Jullie lot brengt je naar een andere plek dan het mijne. Maar ik dank je voor je vriendelijkheid.'

De jongen was moe. Hij had zich opgerold tussen de schapen, vond beschutting tegen de koele avondlucht in hun wollige vachten, zonk erin weg en kroop tegen ze aan alsof ze zijn broers en zussen waren. Die nacht sliep hij het dichtst bij Zev, het schaap dat was verdwaald en weer teruggevonden.

De wijze bediende

Niemand hield meer van de vroege morgenzon dan Elizabeth.

Ze stond op bij zonsopkomst, ging naar de beek en waste de kleren. Ze plukte bessen en liet de schapen en de ezel grazen. Tegen de tijd dat de anderen wakker werden, had zij al een tafel klaargemaakt voor het ontbijt. Dat was haar manier om ervoor te zorgen dat iedereen kreeg wat hij nodig had.

Net als haar moeder en grootmoeder vóór haar, was zij geboren in dienstbaarheid, en ze had in het koninklijke huis gewoond vanaf het moment dat ze oud genoeg was om een kruik te vullen, een druif te plukken en een aardewerken kan te dragen. Ze had zich vaak afgevraagd hoe vrijheid zou smaken, maar ze was nooit bitter of ongelukkig. Ze dacht vaak aan het verhaal van de bavianen, dat haar verteld was door haar grootmoeder. De bavianen verborgen zich graag in de bomen en slopen naar beneden als de koninklijke familie hun balspel speelde. Wat de koninklijke familie ook deed om hen de baas te blijven, de bavianen raapten de ballen op en lieten die op andere plekken van het speelveld vallen. Daarom paste de koninklijke familie de spelregels aan: de ballen dienden gespeeld te worden vanaf de plek waar de bavianen ze hadden laten vallen.

Elizabeth deed hetzelfde – zij speelde de bal waar die neerkwam, paste zich aan en maakte het beste van iedere situatie. Dat ze respect en invloed afdwong bij haar collega's in het koninklijke huis kwam niet doordat ze de dienstmeisjes onder haar afblafte, maar doordat ze zocht naar wat het best werkte voor anderen en doordat ze hen hielp om dat te verwezenlijken.

'Vraag het aan Elizabeth,' zeiden de anderen dan, want ze hielden van haar. Ze was onafgebroken goed en niet-aflatende vriendelijk.

De koningin vond het prettig om Elizabeth in de buurt te hebben. Toen het hof op een dag geconfronteerd werd met een opstand, stelde de koninklijke raadsheer strenge maatregelen voor om de rebellie neer te slaan. Toen de vorstin het hof wegstuurde, vroeg ze Elizabeth om bij haar te blijven.

'Waarom sloeg je je ogen neer toen mijn raadsheer sprak?' vroeg de vorstin.

'Uw raadsheer zou vuur met vuur willen bestrijden en dan zal alles vernietigd worden door de vlammen. Het zou beter zijn, denk ik, om zorgeloos vrijgevig te zijn tegenover deze buren die u afwijzen. Want honing smaakt zoeter dan azijn.'

Toen de koninklijke raadsheer de aanbevelingen van Elizabeth hoorde, ontstak hij in razernij.

'Nieuwe opstandelingen zullen drinken van de wijnstok der verzoening,' verklaarde hij.

De koningin luisterde naar wat hij te zeggen had. Maar die dag gaf ze haar hof het bevel om rollen van de mooist glanzende stoffen en kisten met de meest exotische kruiden en het rijpste fruit te verzamelen, en die af te leveren bij de oproerige buren. Kort daarna gingen de partijen bij elkaar zitten om hun geschillen uit te praten.

Naarmate de tijd verstreek, steeg Elizabeth in de vorstins achting. Haar invloed werd groter – niet doordat ze een kroon of een troon had of fijne stoffen droeg, maar doordat ze de waarheid vertelde, hoop uitstraalde en degenen om haar heen met gans haar hart liefhad.

En toen kwam de dag dat de koningin Elizabeth haar vrijheid gaf. Ze ging terug naar het huis van haar grootvader, en omdat de man op zijn sterfbed lag, gaf hij haar de kaart en vertelde hij haar over de nieuwe weg die erop wachtte om ontdekt te worden. Daarna werd ze de huishoudster van Davids vader.

Die dag maakte Elizabeth het ontbijt klaar. Toen David, Joshua en de Blinde Man wakker werden, zette ze hun vis uit de beek voor en bessen van de struiken. De mannen en de jongen aten gretig. Vooral de Blinde Man was uitgehongerd en hij at als een veroordeelde gevangene die zijn laatste maaltijd wegwerkt.

'Wie weet wanneer ik weer zo goed zal eten?' zei de Blinde Man. 'En in zulk prettig gezelschap.'

Hij likte zijn lippen af en wreef over zijn buik. Zijn honger was weg maar nu doorboorde een pijnscheut zijn hart. Zijn nieuwe vrienden stonden op het punt om te vertrekken naar de grot en hij was diep bedroefd.

'Alsjeblieft, jongen, kom met me bij het vuur zitten,' zei hij.

'Kunt u me dan nog een verhaal vertellen, oude man?' vroeg de jongen.

De Blinde Man voelde de hand van de herder op zijn schouder. En dus vertelde hij een verhaal dat hij gehoord had toen hij een jongen was.

'Er was eens een wolf die zo'n honger had, dat het speeksel van zijn scherpe tanden af droop. Wat verlangde die wolf ernaar om een schaap te doden, zodat hij daar zijn avondmaal mee kon doen. Wat zou die wolf wel niet geven voor een smakelijke maaltijd.

Maar de wolf werd gedwarsboomd door de herder die de wacht hield over zijn kudde en de schapen bewaakte. Waarom was de herder zo voorzichtig?

Ten eerste, omdat hij van zijn dieren hield. Ze kropen 's nachts tegen hem aan, boden hem gezelschap en warmte.

En ten tweede wist hij dat de wrede natuur de schapen geboren had laten worden als de meest weerloze schepsels in het koninkrijk. Ze hadden geen slagtanden of klauwen of loopsnelheid of kracht om zichzelf te beschermen tegen gevaar, of om dat te vermijden. Deze schapen konden zich tegen geen enkel roofdier verweren.

Dus sliep de herder met één oog open, waardoor hij

het de wolf onmogelijk maakte om dichtbij te komen.

Op een dag vond de wolf een weggegooide schapenvacht.

Hm, dacht hij. Als ik mezelf in deze vacht hul, zal niemand weten dat ik een wolf ben. Ze zullen me voor een schaap houden en dan ben ik vrij om te gaan waar ik wil.

Zeer tevreden met zichzelf bracht de wolf zijn plan ten uitvoer en al gauw bevond hij zich te midden van de kudde. Toen een pasgeboren lam de geur van zijn moeder herkende op de vacht van de wolf, en de wolf begon te volgen, veranderde het al gauw in een smakelijke maaltijd.'

De jongen huiverde.

'Wat kan ik hiervan leren?' vroeg hij.

'Onthoud dat, hoewel er veel goedheid is in de wereld, schijn kan bedriegen. Wees op je hoede voor iemand die in schaapskleren komt. Want diegene brengt verraad en bedrog.'

'Hoe kunnen we weten wie er in schaapskleren komt?' vroeg de jongen.

'Blijf alert,' zei de Blinde Man. 'Luister naar je intuïtie. Hoed je voor de vreemdeling wiens glimlach zijn ogen niet bereikt.'

De jongen bedankte de Blinde Man voor zijn inzichten. Nadat ze afscheid genomen hadden trokken de drie reizigers verder.

Beloning en straf

Ze waren bijna bij de top toen het gebeurde.

'O! Au!' riep de jongen. Hij begon als een waanzinnige op één voet rond te hinken, terwijl hij de andere vasthield.

'Nu even diep ademhalen,' zei Joshua. 'En kijk omhoog naar de lucht waar die vogel rondvliegt.' Toen hij er zeker van was dat de jongen was afgeleid, trok de herder de doorn uit de zachte zool van zijn voet.

'Zo, die is weg,' zei de herder. Hij wreef over de voet om de pijn te verzachten. De jongen voelde de warmte van de handen van de herder.

Elizabeth kwam erbij om Davids haar uit zijn gezicht naar achteren te strijken en de tranen uit zijn ogen te vegen.

'Waarom?' vroeg de jongen haar. 'Waarom word ik gestraft? Ik heb vanochtend mijn gebeden gezegd en heb mijn plichten gedaan.'

Elizabeth geloofde niet dat het lijden van de jongen het gevolg was van iets wat hij verkeerd had gedaan. Misschien hadden de voortdurende beschimpingen van zijn vader ertoe geleid dat David een sombere kijk op het leven had. Die wilde ze maar al te graag vervangen door een lichtere.

'Kijk naar die donderwolken,' zei ze, wijzend op de donkere stapelwolken die zich ten oosten van hen verzamelden. 'Misschien vullen die onze paden vandaag met modder, maar door hun levenbrengende regen blijven toch de groenten groeien. Zou het niet kunnen zijn dat alles voor ons bestwil gebeurt?'

'Maar deze doorn,' zei de jongen. 'Wat doet die voor mijn bestwil?'

'Misschien leert die je iets, maakt die je sterker,' antwoordde ze.

Hij knikte en glimlachte naar zijn zuster, die altijd met liefde de waarheid sprak en de waarheid liefhad.

Ze waren bijna op de top van de bergkam. De wereld was verstild. De jongen luisterde. En de grot was even verderop.

De gift van een nietige doorn

Toen ze de bergkam bereikten, keken de reizigers uit over de Grote Binnenzee. De schittering van het water lonkte naar hen. Maar het was zoutig en ondrinkbaar.

'We moeten vers water vinden voordat we verdergaan,' zei Joshua. 'Onze veldflessen zijn bijna leeg.'

Ze hadden het verse water zo hard nodig, dat Joshua voorstelde dat hij noordwaarts zou gaan, terwijl Elizabeth zuidwaarts ging. Denkend aan de waarschuwingen van de Blinde Man, zeiden ze tegen David dat hij daar moest blijven – op de plek waar hij was, met de schapen en de ezel – tot ze terugkwamen. Ze waren van plan maar kort weg te blijven.

'Je hebt je vrienden om je gezelschap te houden,' zei Elizabeth. 'Als wij terugkomen, zullen onze veldflessen vol zijn.'

'Alsjeblieft, zus,' riep de jongen. 'Haast je.'

Hij zat tussen de schapen, genoot van een flauw briesje en floot om zichzelf bezig te houden, toen er ineens vanuit het niets iets tevoorschijn kwam – een dikke, eeltige hand. Die belandde op zijn schouder en kneep erin.

'Het spijt me dat ik je laat schrikken,' zei de Vreemdeling, die naast de jongen kwam staan. 'Maar ik vond het wijsje dat je floot mooi. Ik liep een eind verderop toen ik het hoorde en vroeg me af waar je zo'n heerlijke melodie geleerd hebt. Misschien heeft je aardige, lieve moeder het je geleerd.'

'Mijn moeder is gestorven bij mijn geboorte,' zei de jongen. 'Ik heb haar gezicht nooit gezien, maar ik heb gehoord dat het lieftallig en zacht was. Ik droom 's nachts van haar als de sterren weg zijn.'

'Arme, beklagenswaardige jongen,' zei de Vreemdeling. Hij liet zijn stem verdrietig en meevoelend klinken, maar was hij oprecht?

David keek naar het gezicht van de man. Het was vriendelijk en open. Op een bepaalde manier leek hij merkwaardig veel op de herder. Maar er was iets vreemds – de glimlach van de Vreemdeling bereikte zijn ogen niet. De jongen herinnerde zich wat de Blinde Man hem gezegd had.

'Mijn zuster is hier vlakbij,' zei David. 'Ik zal haar roepen.'

'Niet nodig,' zei de Vreemdeling. 'Ik kan zien dat je lippen gescheurd zijn door een lange wandeling in de volle zon. Als je met mij meekomt, geef ik je al het water dat je wilt.'

De jongen was erg dorstig. Dit was een gul aanbod. Maar soms bedriegt de schijn, herinnerde de jongen zich. Tussen de schapen kon een wolf rondkruipen.

De jongen keek naar de sandalen van de Vreemdeling en zag een scherp mes, weggestoken tussen de riempjes aan de achterkant van diens been. Een golf van misselijkheid trok door de jongens maag toen de man nog wat dichterbij kwam.

'Houd je van gedroogd fruit en noten?' vroeg de man. 'Kom nu mee, dan deel ik de lekkerste spijzen met je. Mijn kamp is hier maar een klein eindje vandaan.'

Wat de jongen wel niet zou geven voor wat heerlijke hapjes. Hoe smaakte een zoete vijg ook al weer? Het was zo lang geleden dat hij er eentje op zijn tong had laten smelten, dat hij het zich niet meer kon herinneren. Dit aanbod van de Vreemdeling was wel héél verleidelijk. Hij kon het heerlijke fruit praktisch proeven – het water liep hem in de mond. Hij werd zwakker, gaf toe aan het idee dat de man oprecht was en dat deze hem iets kon geven wat hij echt wilde.

Luister naar je intuïtie, herinnerde de jongen zich dat de Blinde Man gezegd had. *Kijk naar zijn ogen. Wat zeggen die je?*

'Het klinkt echt heerlijk,' zei de jongen. 'Ja, ik zal met u meegaan. Maar ik moet terug zijn voordat mijn zuster en de herder terugkomen. Anders zullen ze niet blij met me zijn.'

'Natuurlijk,' zei de Vreemdeling. 'Dat begrijp ik volkomen.' Maar toen ze terug omhoog liepen, het pad op, begon de jongen op één voet rond te hinken, terwijl hij de andere vasthield.

'O! Au!' riep hij uit. 'Een doorn. Ik ben in een doorn gestapt.' Toen rolde hij, als een volleerde toneelspeler in een theaterstuk, over de grond, zodat hij een wolk van stof liet opdwarrelen, waardoor de ezel en de schapen schrokken. De dieren verspreidden zich in alle richtingen, waardoor ze een zelfs nog grotere stofwolk lieten opwaaien.

De jongen bleef kermen en de Vreemdeling wist niet wat hij moest doen. Hij pakte zijn mes, maar zodra hij het in zijn hand had, arriveerde de herder.

'Doe je wapen weg,' zei de herder, terwijl hij zijn staf hief en voor zich hield.

Joshua ging tussen de Vreemdeling en de jongen in staan. Zijn gedachten gingen terug naar het beeld van David in het stof, overdekt met wonden. Die dag op de markt, toen David zo was geslagen door zijn vader leek wel een eeuwigheid geleden. Joshua vond dat hij de jongen die dag in de steek had gelaten. Dat zou hem niet nog een keer gebeuren. Als de aanvaller nu zou toesteken, zou Joshua de messteek opvangen en zichzelf opofferen.

Maar toen Elizabeth op het pad verscheen met vers water, vluchtte de Vreemdeling. Hij draaide zich om en rende weg, verdween in het struikgewas.

'David!' riep ze. De jongen lag in het stof. Ze liet hem overeind zitten en wiegde hem heen en weer. Hij was niet erg van streek, maar over Elizabeths gezicht stroomden tranen toen ze hem bekeek.

'Huil niet om mij, zus,' zei David, 'want vandaag ben ik een nieuwe jongen.'

'Broer, je stelt me voor een raadsel,' zei Elizabeth. Ze wachtte tot hij verderging.

'Eerder heb ik in een doorn getrapt. Herinner je je dat? Ik huilde en vroeg: "Waarom word ik gestraft." Jij vertelde me dat ik eraan moest denken dat iedere wolk de regen van God in zich draagt. Lijden kon mij iets leren en was geen straf, zei je.

Welaan zus, die les stak me als een tweede doorn. Hoe kon een zere voet mijn vriend zijn? Pas vandaag besefte ik dat ik daardoor geleerd heb om een stofwolk te veroorzaken, de dieren te verspreiden en mijn leven te redden.'

David zweeg en keek uit over het landschap, vol doornige struiken. Het stof was neergedaald. De Vreemdeling was verdwenen. En de schapen en de ezel waren veilig en stuk voor stuk weer teruggekomen.

Toen de jongen klaar was met praten, droogde Joshua de tranen van Elizabeth en beiden dankten de hemel voor David en voor de gift van een nietige doorn.

Duiven grootbrengen

Op de derde dag van de reis bereikten ze de Grote Binnenzee. David speelde op de oever. Elizabeth liet het koude water over haar voeten spoelen. En Joshua ging in het zand liggen en rustte.

Het leek een eeuwigheid geleden sinds ze van huis waren vertrokken en de droom van de herder hadden gevolgd om de nieuwe weg te vinden. De lange, kronkelige weg had hen naar veel opmerkelijke mensen geleid, die elk een boodschap brachten.

De Verhalenverteller had Joshua herinnerd aan de kracht van doorzettingsvermogen.

De Apotheker had gezegd dat alles mogelijk was.

De Blinde Man had gewaarschuwd dat schijn kan bedriegen.

En de Vreemdeling had het bewijs geleverd dat er wolven schuilen onder de schapen.

Terwijl hij over deze dingen nadacht viel Joshua in een diepe slaap. Hij droomde dat hij op een plaats daar ver vandaan was en in een weide stond.

'Je bent terug,' zei de gerimpelde Oude Man. 'Maar deze keer heb je vragen.'

'Hoe wist u dat?' vroeg de herder.

'Door de uitdrukking op je gezicht. Je bent bij het moeilijke gedeelte aangekomen.'

'Ja,' zei de herder. 'Ik heb de wolf ontmoet.'

'Ik weet het,' zei de Oude Man, 'en het lam werd bedreigd. Nu vraag je je af of een goed mens een wolf kan doden om het lam te redden.'

'Velen zijn gedood in naam van de rechtvaardigheid,' zei de herder. 'Zo gaat dat in de wereld.'

'Ja,' zei de Oude Man. 'Maar jij bent op zoek naar een nieuwe weg. Dat heb je me verteld.'

De zon kwam op en een nest jonge duiven begon een ochtendlied, om de nieuwe dag te begroeten met een lieflijke melodie.

De Oude Man hield zijn hoofd scheef en luisterde.

'Hoe zou het zijn als elk kind vanaf de wieg aangeleerd krijgt om het lied van de vrede te zingen?' zei de Oude Man. 'Zouden de cynici dat niet dwaas noemen en zeggen dat zachtaardigheid hetzelfde is als zwakte? Maar ik zeg je dat totdat wij zo onschuldig en puur zijn als duiven, onze reis lang zal zijn en de weg donker. Breng duiven groot, geen wolven.'

Joshua vroeg zich af of de Oude Man nog meer te zeggen had. Maar dit was het. De droom was voorbij.

Naar binnen

Zoals de Blinde Man hun had aangeraden, hadden de reizigers de kustlijn gevolgd en waren ze westwaarts getrokken, in de richting van de bomen. Nu stonden ze bij de monding van de grot, een donker en onheilspellend gat in de rotsen. Terwijl ze naar de dreigende duisternis van de grot keken, vormden zich zweetdruppels op Joshua's voorhoofd.

'En als ik faal?' vroeg Joshua aan Elizabeth. 'En als het me aan moed en kracht ontbreekt?'

'Dit is je lotsbestemming,' zei Elizabeth tegen hem. 'Je droom heeft je hierheen geroepen.'

De herder kon de kracht voelen van Elizabeths liefde en haar vertrouwen in hem. Dat ze nu bij hem was gaf hem een dankbaar gevoel. Hij viel op zijn knieën om een dankgebed te zeggen. Maar bijna meteen toen zijn knieën de grond raakten, hoorde hij de jongen roepen.

'Help, ik word gewurgd door een reusachtige slang!'

Joshua rende naar hem toe, maar lachte toen hij zag in welke situatie de jongen zich bevond. David was op de een of andere manier verstrikt geraakt in een krachtige druivenrank toen hij door het dichte groen van een groepje bomen liep. Joshua bestudeerde de druivenrank – en toen kwam het idee in hem op dat zo'n lange en sterke rank van nut zou kunnen zijn. Als hij die vastmaakte aan de ingang van de grot en om zichzelf heen sloeg, zou hij beter in staat zijn de grot weer uit te komen.

Elizabeth liet Joshua zien hoe verschillende stukken van de wijnrank als strengen haar van hofdames aan elkaar gevlochten konden worden, zodat er een sterker touw ontstond. Ze gebruikte haar slanke vingers om de stukken rank om elkaar heen te vlechten, zodat er een lang, versterkt touw ontstond van vele meters. Joshua geloofde dat, als hij het om zijn middel bond en Elizabeth het vastmaakte aan de ezel die vlak buiten de grot stond, hij veel veiliger door de onbekende ruimte zijn weg zou vinden.

Toen haalden ze de kaart uit de weitas van de herder en rolden die uit op de grond. Omdat Elizabeths grootvader een amateurkaartmaker was geweest, begreep zij een aantal van de markeringen en symbolen.

Het belangrijkst, dacht ze, waren de markeringen die aangebracht waren met rode inkt.

'Deze x betekent dat er een holte of een nis is uitgehakt in de achterste wand van de grot, waarschijnlijk om er kruiken en flessen veilig te kunnen opslaan,' legde ze uit, waaraan ze toevoegde dat de nis zich het verst van de ingang van de grot bevond.

'Deze geeft aan dat er een gevaarlijk gat in de bodem zit, waardoor het water omhoog kan komen uit een ondergrondse stroom,' zei ze. Ze pakte Joshua's hand en haar gezicht betrok van angst bij de gedachte dat hij in die spelonk zou kunnen vallen. Misschien was dat de reden dat er niemand uit gekomen was – ze waren de donkere grot ingegaan zonder te weten van het gapende gat dat kon leiden naar een onbekende, peilloze diepte.

Joshua dacht razendsnel na. Eerst wilde hij weten hoe groot de grot was. Was de bodem vlak of hellend? Was er licht en lucht? Waren er andere uitgangen?

Hij vroeg zich ook af hoe hoog de bovenwand was – zou hij moeten kruipen? Wat moest hij doen als het water omhoogkwam terwijl hij in het achterste deel van de grot was?

Elizabeth las de legenda en schatte dat de grot van voor naar achter vijfhonderd passen mat. Ze kon niet bepalen of er lucht zou zijn in de grot. Maar Joshua was van plan een toorts met zich mee te nemen, zodat hij de luchttoevoer kon testen en meteen ook licht had onderweg.

Ze dacht dat het gat zich halverwege de ingang en de achterste wand bevond. Of de bodem hellend of vlak was, kon ze niet zeggen.

Joshua bedankte haar. Nu was zijn grootste zorg de mogelijkheid van een overstroming. Toen herinnerde hij zich hoe de Blinde Man met zijn armen had gefladderd. *Let op de vogels*, had hij gezegd. *Zij zullen je tonen wanneer het de juiste tijd is om naar binnen te gaan. Maar wees snel!*

De hemel boven hen was blauw, wolkeloos en leeg. Joshua probeerde geduldig te zijn en hield de zon in de gaten, terwijl die zijn boog door de lucht beschreef. Toen, zonder waarschuwing, vloog er een zwerm vogels over hen heen.

Het was tijd. Het moment was voor hem gekomen. Hij bad om kracht om zijn taak te kunnen volbrengen.

Tijd om te handelen

Elizabeth maakte een eind van de druivenrank vast aan de ezel en ging op een steen er vlakbij zitten met haar hand op het touw. Joshua wikkelde het andere eind om zijn middel en knoopte het stevig vast. Toen stak hij bij het kampvuur een toorts aan om met zich mee te nemen.

Maar voordat hij de grot binnenging, moest hij met Elizabeth spreken. Zijn genegenheid voor haar was steeds meer toegenomen. De zaden van een romantische liefde ontkiemden iedere dag verder. Nu moest hij weten of haar gevoelens voor hem ook bloeiden.

'Elizabeth,' zei hij. 'Velen zijn de grot binnengegaan, maar niemand is eruit gekomen. Als ik dit overleef, zou ik mijn leven graag delen met jou. Zou je erin willen toestemmen om mijn vrouw te worden?' vroeg Joshua.

Elizabeths ogen vulden zich met tranen. 'Voor alle eeuwigheid,' zei ze. En ze kuste hem, omdat ze wist dat de tijd om te handelen gekomen was.

Samen riepen ze David en vertelden hem van hun verloving. Hij maakte een vreugdedansje en keek toe hoe de herder zich klaarmaakte om zijn uitdaging aan te gaan.

Joshua ging de monding van de grot binnen en liep langzaam door, waarbij hij een hand aan de zijwand hield en de andere, met de toorts, voor zich. Zodra hij een paar passen de grot in was, werd zijn toorts uitgedoofd door een luchtstroom. Nu kon hij erop vertrouwen dat er luchttoevoer was. Maar hij liep ook in het donker, als een blinde man die langzaam voorwaarts gaat op een verboden plek.

Naarmate hij verder kwam, liep de bodem sterker af. Hij liep langzaam, telde zijn passen en tastte of hij het gat in de grotbodem voelde. Toen hij ongeveer tweehonderd passen ver was, voelde hij met de punt van zijn sandaal een afgrond in de bodem, en hij bewoog zich voorzichtig langs de rand van het gat. Als de kaart er niet geweest was, dacht hij, zou hij hier, net als vele anderen, dood zijn gevallen.

De grot was koel en vochtig, maar er vormden zich zweetdruppels op zijn voorhoofd. Hij zwoegde voorwaarts en voelde om de zoveel passen aan het wijnranktouw, om er zeker van te zijn dat het nog vast om zijn middel zat. Dat eenvoudige gevlochten touw verbond hem met de wereld. Elizabeths handvaardigheid was nu zijn levenslijn, het koord dat hem vastbond aan alles wat hij kende en liefhad.

Maar hoe lang zou het duren voordat hij de achterste wand bereikte? In de tijdloosheid van deze plek leek het alsof er een eeuwigheid voorbij was gegaan. Zou hij ooit vinden waar hij naar op zoek was? Hij was hoopvol en vol van verwachting. Maar er leek geen werkelijkheid te zijn, alleen de puntige randen van de grotwand, waar zijn vingers langs gleden.

En toen – eureka! – daar was het. Op ongeveer anderhalve meter van de grond zat een rechthoekige holte in de wand. Hij schatte dat de opening dertig centimeter hoog en ruim een halve meter breed was; die moest zeer nauwgezet zijn uitgehakt door iemand die veel wist van het rijzende waterniveau. Iemand die iets waardevols wilde opslaan.

Maar het gat was dieper dan zijn arm kon reiken. Hier zou iemand die kleiner was – een kind – in moeten klimmen om het te onderzoeken.

Een paar minuten later was hij terug, buiten de grot, in de openlucht. Daar stond David voor hem.

Het avontuur van een kleine jongen

Met de afmetingen van de jongen hadden ze zich nog nooit beziggehouden. Maar nu bekeek Joshua hem aandachtig.

David was klein en mager. Hij was ook lenig, in staat om zich op te rollen tot een kleine, compacte bal. Hij zou beslist de holte in de grotwand in kunnen om te ontdekken wat daar was weggestopt. Maar was het juist om hem te vragen dat te doen?

Toen Joshua de netelige kwestie aan Elizabeth uitlegde, wist ze dat de jongen de enige hoop was. Maar moest de jongen aan zoveel risico worden blootgesteld?

Dat de wijnrank om zijn middel zou breken, was niet aan de orde. Elizabeth zou die zelf vlechten en ervoor zorgen dat hij extra sterk was. Dat de grot zou vollopen leek eerder een risico. Maar Joshua zou bij David zijn en ze zouden voortmaken.

En als er slangen waren? In een donkere, vochtige grot kon een slang een rustplaats zoeken. Maar adders waren in hun wereld een altijd aanwezig gevaar, niet erg genoeg om hen af te schrikken.

'David,' zei ze tegen de jongen. Maar voordat ze iets meer zei, sprak David als een man, niet als een kind, door te verklaren dat het zijn bedoeling was om met Joshua terug te gaan naar de grot.

'En als het licht uitgaat en we in het donker lopen?' vroeg Joshua. 'En als je bang wordt voordat we bij de achterwand zijn, of wanneer je in die holte zit?'

Maar de jongen was vastbesloten. 'Tot nu toe hebben jullie alles voor míj gedaan,' zei hij. 'Nu is het mijn beurt om iets voor jullie te doen.'

Dus zochten ze wijnranken bij elkaar die samengevlochten zouden worden tot nog een touw. Toen wachtten ze tot de vogels overvlogen. Het was de langste wachttijd van Joshua's leven.

Vanuit de diepten roep ik tot u

'Hallo-allo-allo-allo.'

Dit was niet eng–het was leuk. Dat vond David tenminste, toen hij zijn stem hoorde echoën door de grot.

De wijnrank was om zijn middel vastgemaakt en hij liep naast Joshua terwijl ze de duistere kloof in liepen. Net zoals dat eerder was gebeurd, blies een plotselinge luchtstroom Joshua's toorts uit, zodat hij en de jongen in het donker liepen. Omdat hij de hand van de jongen vasthield, kwamen ze langzaam vooruit. Maar Joshua wilde niet dat David zich losrukte en naar voren rende.

Terwijl ze langzaam verdergingen telde Joshua de passen. Dat hielp hem om voor zichzelf de voortgang bij te houden, het gat te vermijden en tegen de jongen te kunnen zeggen hoe ver ze nog moesten.

Maar de jongen kreeg genoeg van de constante duisternis. 'Hoelang nog?' vroeg hij.

Die woorden waren nog maar net zijn mond uit, of ze bereikten de holte in de wand. Joshua legde uit dat hij de jongen zou optillen. Hij zou het plan volgen dat ze buiten de grot zorgvuldig hadden gerepeteerd.

'Ben je klaar?' vroeg de herder, niet alleen om het vertrouwen van de jongen te versterken, maar ook dat van hemzelf.

De jongen stak zijn handen uit om de ruimte voor hem te verkennen, zoals Elizabeth hem gezegd had. Joshua controleerde vervolgens of het touw om het middel van de jongen nog stevig vast zat, tilde hem op en probeerde hem met een hand vast te houden toen hij als een worm de holte in klom.

Hoe lang zou het duren? Joshua begon hevig te zweten. Maar er was nog maar een minuut voorbij toen de jongen riep: 'Ik heb iets gevonden. Er staat hier een kruik.'

Het hart van de herder sloeg op hol. Kon het zijn dat ze het hadden gevonden?

Hij wilde van vreugde schreeuwen, maar wachtte tot David weer uit de nauwe ruimte was geklommen. Langzaam liet de jongen zijn voeten op de grond zakken en overhandigde de kruik aan Joshua. De herder wilde zijn vingers over het mysterieuze ding laten glijden, maar stopte het snel weg in zijn weitas.

'We moeten ons haasten,' zei de herder. Het water begon naar binnen te stromen. Er was geen tijd meer te verliezen.

Een nieuwe wet

Toen Elizabeth zag dat er water uit de grot sijpelde, raakte ze in paniek.

'Joshua! David!' riep ze de grot in. Maar er kwam geen antwoord terug.

Binnen in de grot kwam water uit de grond omhoog. Binnen een paar minuten kwam het bij David tot de knieen. Joshua hield de jongen bij de schouders vast en probeerde hem te leiden, een blinde man die een blinde de weg wees.

'Au!' riep David uit. 'Wat was dat?' Een stekend gevoel aan zijn rechterkuit straalde uit. Zijn been begon gevoelloos te worden en raakte vervolgens verlamd.

Joshua kon er onmogelijk achter komen wat er aan de hand was. Hij greep rond in de duisternis totdat hij een grote gelatine-achtige massa vond die aan de jongen vastzat.

'O! Au!' jammerde de jongen, toen Joshua het gelatinemonster van hem af trok.

'We zijn hier halverwege,' zei Joshua. 'We zijn er bijna uit. Nog even doorzetten.'

Maar het water steeg en de jongen was zwak. Zijn gevoelloze been hing er slap bij, nutteloos. Joshua wist dat ze gevaarlijk dicht bij het gat waren en gemakkelijk weggespoeld konden worden door het stromende water. Hij probeerde de jongen op te tillen, maar toen hij David wilde pakken, kwam er een golf water die de jongen naar beneden trok.

'Help me! Help me!' riep de jongen.

Voor het eerst voelde Joshua de noodzaak om zijn kracht te hervinden, die innerlijke bron die hem had voortgestuwd. Hij herinnerde zich de woorden van de Verhalenverteller: *Breng voort wat er in jezelf is, want wat je voortbrengt, zal je redden.*

'David!' beval hij. 'Denk aan Elizabeth! We moeten naar haar toe.'

Weer bij zijn positieven gebracht, vocht David om zijn neus boven water te houden.

'Houd vol, David,' zei de herder. Zich verzettend tegen de opkomende vloed hield hij de jongen vast, die zijn hoofd achterover hield en naar adem hapte. Nu krioelden er slangen door elkaar in een woest patroon. Ze glibberden om de jongen heen in een dichte, kronkelende massa.

Toen voelde de jongen plotseling een ruk aan het touw om zijn middel. Buiten de grot had Elizabeth de ezel een tik gegeven, waardoor hij ging lopen. Het dier trok de jongen door het water als een bootje aan een sleepkabel. Joshua kon het kind eindelijk goed vastpakken en hem lostrekken, waarna hij de jongen over zijn schouder wierp en om zijn nek droeg als een pasgeboren lam. Joshua volgde de levenslijn die door Elizabeth was gemaakt totdat hij buiten in het licht en in haar armen stond.

Het verhaal van een vis

David probeerde dapper te zijn; hij probeerde niet te huilen. Maar toen Elizabeth zijn been onderzocht, barstte hij in tranen uit. Zijn been was gevoelloos en overdekt met uitslag. Hij was uitgeput en kon niet praten.

Joshua ging droge kleren voor de jongen halen, terwijl Elizabeth zijn been spoelde. Het been was rood en gezwollen, en de gevoelloosheid trok omhoog naar de heup van de jongen. Zou hij het gevoel in zijn been terugkrijgen? Zou hij ooit weer kunnen lopen? Deze ziekte was ongewoon. Elizabeth begon te wanhopen. Ze veegde de tranen van de jongen weg.

Plotseling herinnerde ze zich het zakje dat de Apotheker haar gegeven had.

'Het elixer,' zei ze, David in de ogen kijkend. 'Zullen we het proberen?'

De jongen knikte en Elizabeth opende het zakje en gaf hem de speciale thee te drinken. Joshua kwam terug en sprak samen met Elizabeth een gebed uit voor het herstel van de jongen. Niemand wist hoe lang het zou duren voor er verbetering te zien zou zijn.

Er waren nog maar een paar minuten voorbijgegaan toen de jongen met zijn tenen begon te wiebelen en zijn knie boog. 'Ik kan staan,' zei hij blij, en hij stond op. Elizabeth kuste hem en Joshua slaakte een zucht van verlichting.

'Dit is echt opmerkelijk,' zei Elizabeth triomfantelijk.

'Alles is mogelijk,' zei de jongen. Toen aaide hij zijn ezel en gaf het dier een kus op zijn snuit, omdat hij geholpen had hem te redden. De ezel brieste en klikklakte in een rondje om hem heen.

Nu waren ze allemaal benieuwd naar de kruik. De herder had zijn weitas bij de ingang van de grot neergezet, een paar meter vanwaar ze stonden. Hij ging de tas pakken en haalde de kruik eruit.

Het was een kruik van aardewerk, bruinrood van kleur, smal bij de nek en opbollend bij de buik. Van onder tot boven was hij ongeveer dertig centimeter hoog en de helft daarvan breed op het dikste stuk. Hij was strak verzegeld met iets wat leek op een kurk van bijenwas. In de was waren een symbool en wat tekst gestempeld. Maar Joshua kon de woorden niet begrijpen.

'Laat mij eens kijken,' zei Elizabeth. Toen ze aan het hof verbleef, had ze veel verschillende dingen geleerd, zoals de stempels en zegels van handelaars, kooplieden en esoterische groeperingen die hun eigendom met herkenbare symbolen merkten.

Ze inspecteerde de kruik, bestudeerde het zegel en riep vervolgens uit:

De Wet van de Vervanging

'En daar is een symbool van een vis.'

'Waarom een vis?' vroeg David. Joshua vroeg zich hetzelfde af.

'Aan het hof heb ik geleerd dat de vis geassocieerd wordt met een kloosterorde die de autoriteiten op stang joeg,' zei Elizabeth. 'Het beeld van de vis vertelde de mensen van wie de boodschap afkomstig was.'

De herder luisterde, maar popelde ook om de kruik te openen. Elizabeth kon het vuur in zijn ogen zien branden.

'Wat nu?' vroeg ze.

Joshua raapte een scherpe steen op en gebruikte een rand om door de was heen te snijden. Voorzichtig te werk gaand trok hij vervolgens de kurk uit de nek van de kruik en tuurde naar binnen, waar hij een perkamenten rol kon zien. Hij vroeg Elizabeth haar slanke vingers te gebruiken om het document eruit te halen.

De rol was ongeveer tien centimeter breed en twintig centimeter lang. Ze legde hem voorzichtig op een gladde, droge steen. De randen waren gerafeld, maar het perkament was over het algemeen goed bewaard gebleven en gemakkelijk te lezen.

Maak me tot een doorgang voor uw vrede
Laat mij liefde zaaien waar haat is
Laat mij vergiffenis zaaien waar letsel is
Laat me geloof zaaien waar twijfel is
Laat me hoop zaaien waar wanhoop is
Laat me vreugde zaaien waar verdriet is
Laat me licht brengen waar duisternis is
Want het is door te geven dat we ontvangen
Het is door vergeven dat we vergeven worden
En het is door te sterven dat we in het eeuwige leven
geboren worden
Want dit is de Wet van de Vervanging

De mysterieuze monniken

Verander vrees in liefde. Vervang wanhoop, haat en hartenpijn door zachtere, vriendelijker emoties. Laat een glorieuze nieuwe wereld geboren worden door simpele daden van vervanging, die wat er nodig is in de plaats zetten van wat er ontbreekt.

Dus hier was het – de nieuwe weg – gevangen in een gebed dat even poëtisch als diepzinnig was. Hiermee kwam er een einde aan de oude wet van oog om oog, vuur bestrijden met vuur, of vermeende vijanden met gelijke munt terug te betalen. Hier ging het erom een doorgang te zijn voor vrede door daden van goedheid, vriendelijkheid, genade en vrijgevigheid.

Terwijl hij nadacht over het gebed, vulde een groot licht de hemel boven Joshua's hoofd en verscheen er een regenboog. De herder verloor zichzelf in de prachtige kleuren, zag zijn hele leven aan zich voorbijgaan, tot aan zijn vroege jeugd in de schuur. Hoe was het mogelijk dat hij het niet had gezien? De Wet van de Vervanging was altijd al van toepassing geweest in zijn leven, die had hem verrijkt en vervuld.

Toen er twijfel was of het ondermaatse lam het zou overleven, had hij daar geloof in een betere afloop tegenover geplaatst.

Waar vrouwen leden bij een bevalling, hadden zijn moeder en grootmoeder verlichting gebracht.

Waar twist en oorlog buren verdeelden, was de koning genadig, door te weigeren zachtaardigheid gelijk te stellen met zwakheid.

Nu was het duidelijker dan ooit dat liefde de nieuwe weg was en dat voortdurende daden van medeleven de wereld op zijn kop konden zetten. De al zo lang geldende wet van wraak en wrok kon worden ontmanteld, waardoor het tijdperk van wonderen, dat door Elizabeths grootvader voorspeld was op zijn sterfbed, kon beginnen.

In een flits van inzicht zag Joshua medeleven niet als een beloning voor degenen die het 'waard zijn' of het 'verdienen', maar als een hulpmiddel voor de ziel van eenieder die in nood verkeerde. Om aan iedereen te geven. Geven zonder oordelen. Geven zonder een beloning te verwachten. Zonder voorwaarden. *Zorgeloos medeleven! Niet-aflatend medeleven! Voortdurend aangeboden. Tot er geen nood meer te lenigen viel.*

In vele opzichten, dacht Joshua, was Elizabeths leven een lichtend voorbeeld van deze principes. Ze was altijd een voorbeeld, nooit kritisch en had laten zien wat vriendelijkheid inhield door de zorg voor David op zich te nemen toen hij verstoten was – en ook de vader te vergeven voor het verwonden van zijn zoon, waardoor ze liefde zaaide waar kwaad was geplant, hoop plantte waar de zaden van de wanhoop misschien al wortel schoten, licht deed schijnen in de duistere uithoeken van zijn kwetsbare ziel.

En toen Joshua ontmoedigd raakte, hadden Elizabeth en David voor hem gedanst en muziek gemaakt, waardoor ze zijn zorgen vervingen door overvloedige vreugde. Zij voedden zijn ziel met vriendschap en liefde, waardoor hij vervuld werd, net zoals het boerengezin dat gedaan had voor de Blinde Man, toen ze hem als baby uit het water visten.

Het werd Joshua nu allemaal duidelijk. De Wet van de Vervanging was de Hogere Wet die hem op ieder moment dat hij wakker was levenskracht, betekenis en doelgerichtheid had gebracht. Dat had hem het gevoel gegeven dat er voor hem gezorgd werd en dat hij deel uitmaakte van het grote tapijt van het leven.

Maar Joshua vroeg zich iets af. Waarom was de Wet van de Vervanging verborgen geweest in de donkere uithoek van een gevaarlijke grot?

Van haar grootvader had Elizabeth het vreemde verhaal gehoord over de monniken die hun zegel op de kruik hadden gestempeld. De monniken waren een op contemplatie gerichte orde van vrijdenkers en mystici, had Elizabeths grootvader gezegd. Vele jaren lang had niemand veel aandacht aan hen geschonken. Ze hadden gewoond aan de kust van de Grote Binnenzee, in een slaperig vissersdorpje dat weinig contact had met de buitenwereld.

Maar ineens veranderde dat allemaal. Terwijl ze aan het roeien waren in een moerassig gedeelte van de rietzee, ontdekten de monniken dat er een overvloedige hoeveelheid papyrus groeide. Ze namen vele bundels mee en werden productieve schrijvers. Al gauw stroomden hun ideeën de wijde wereld in, meegenomen door handelaars en reizigers met wie ze contact legden.

De autoriteiten, die de monniken ooit hadden genegeerd, namen er notitie van. Ze zagen hoe de eens zo rustige enclave een gestage stroom van pelgrims begon te trekken, die verbazingwekkende verslagen uitbrachten van datgene waarvan ze getuige waren geweest. Er werd gezegd dat een monnik de ruwe zee had gekalmeerd en op water had gelopen. Er werd gezegd dat een monnik een blinde man had genezen. Er werd gezegd dat een monnik met een handvol vis en een paar sneden brood een grote menigte had gevoed.

Door een document uit te brengen met de titel 'De Vernietiging en Omverwerping van Valse Zogenaamde Kennis' verboden de autoriteiten de monniken om nieuwe teksten te schrijven of openbare bijeenkomsten te houden.

'Waar waren de autoriteiten bang voor?' vroeg Joshua.

'Voor iedere andere waarheid dan die van henzelf,' zei Elizabeth.

'En de monniken,' zei Joshua, 'waar geloofden zij in?'

'Dat haat haat voortbrengt,' zei Elizabeth. 'Zij spraken van vergiffenis, liefde en herstel.'

'Wat is er met hen gebeurd?' vroeg Joshua.

'Voordat ze uit hun woonplaats aan de oever van de zee verdreven werden, verborgen ze hun papyrusrollen in grotten, en lieten sommige ervan wegdrijven,' zei Elizabeth. 'En toen verdwenen de monniken, merkwaardig genoeg, waarna niemand ooit nog van hen gehoord heeft.'

'En je grootvader,' zei Joshua, 'waar is hij al die dingen te weten gekomen?'

'Aan het hof,' zei Elizabeth. 'Toen mijn grootmoeder bediende was, werkte mijn grootvader in de troonzaal en hoorde hij de hogepriesters praten over de grot.'

'Werd er gesproken over de Wet van de Vervanging?' vroeg Joshua.

'Niet over de Wet,' zei Elizabeth, 'maar over "de Ene". De monniken predikten dat "de Ene" een verschil zou maken.'

' "De Ene"?' vroeg de herder. Verwarring gleed over zijn gezicht. Er was zo veel om te bevatten. Joshua had tijd nodig om na te denken.

Maar de avond viel in. Na een lange, inspannende dag was iedereen moe. Elizabeth legde David te slapen en zei goedenacht. Toen beloofde Joshua de zonsondergang dat hij zijn hart zo licht als een veer zou houden. En ze deden allemaal hun ogen dicht, als afsluiting van een bijzonder opmerkelijke dag.

De weegschaal slaat door

De herder sliep.

Hij droomde dat hij op een verre plek was met veel open velden, groene weiden en zandvlaktes. De gerimpelde Oude Man zat op zijn gebruikelijke plek op zijn houten kist.

'Je bent terug,' zei de Oude Man. 'En je vraagt je af hoe de verandering kan plaatsvinden. Of het zelfs wel mogelijk is om van de oude naar de nieuwe weg over te gaan.'

'Hoe wist u dat?'

'Door de uitdrukking op je gezicht.'

De Oude Man pakte de weegschaal en legde een zware steen in een van de twee schalen. Daardoor vloog de andere, lege schaal de lucht in.

'Hoe kan ik het gewicht van deze steen compenseren?' vroeg de Oude Man. 'Hij is zo zwaar.'

Maar de Oude Man ging aan het werk: hij schepte zand van de grond en legde dat in de lege schaal. Eerst gebeurde er niets. Maar hij bleef er zand bovenop gooien totdat er een grote hoop in de schaal lag. Langzaam kwam de steen omhoog.

'Zie je dat?' zei de Oude Man. 'Sommige resultaten hebben tijd nodig. Verandering komt soms stukje bij beetje. Maar je moet het beeld vasthouden. En denk aan de verzamelende kracht. Want een enkel korreltje kan de weegschaal doen doorslaan.'

'Ja,' zei Joshua. 'Ik begrijp het.'

Kennis van 'de Ene'

Resultaten hebben tijd nodig. Houd het beeld vast. *Denk aan de verzamelende kracht.*

De woorden uit de droom dwarrelden nog steeds door Joshua's hoofd toen hij wakker werd en zag hoe Elizabeth en David aan de oever van het water zand opschepten, in een poging samen een groot bouwwerk te maken.

'Het zand glijdt snel door je vingers,' zei Joshua, terwijl hij naar hen toe liep. 'Elk korreltje op zich lijkt vederlicht en onbetekenend. En toch kan één zandkorrel de balans doen doorslaan. Dat heb ik gedroomd.'

'Joshua, je stelt me voor raadsels,' zei Elizabeth. 'Vertel ons wat je weet.'

Joshua beschreef hoe de steen de schaal van de weegschaal neerdrukte. 'Als we zand blijven ophopen,' legde hij uit, 'kan één zandkorrel het verschil maken.'

'Welke?' vroeg David onschuldig. Zand gleed als een magisch poeder tussen zijn vingers door terwijl hij sprak.

'Elke korrel kan de ene zijn,' antwoordde Joshua.

' "*De Ene*"?' herhaalde David.

En toen was het duidelijk. Het was niet zo dat er gewacht diende te worden tot er een speciaal persoon kwam om het verschil te maken. Iedereen speelde zijn rol. Elke goede daad was een klein wonder. Ze telden allemaal mee. Allemaal waren ze deel van de verzamelende kracht die de balans kon laten doorslaan en de steen kon optillen. Mensen van overal moesten dat geloven en daarnaar handelen.

En als één persoon handelde, als één hard hart verzacht werd, vormde dat een glanzend voorbeeld van wat er mogelijk was. En door de kracht van het voorbeeld zou de verandering komen!

Boodschap in een fles

Thuis. Ze waren zo lang weg geweest dat de plek een idee was geworden, een verre herinnering, een prettige abstractie. Nu gingen ze eindelijk terug naar de dingen die ze kenden en liefhadden, en ze waren er allemaal dolblij om.

'Ik zal een hele schaal vullen met heerlijke vijgen,' zei David, 'en ervan eten tot ik niet meer kan.'

'Ik ga in mijn favoriete weide liggen, onder de sterren,' verklaarde Joshua, 'en slapen totdat de koeien naar huis komen.'

'Ik ga aan een tafel zitten met mijn liefste vrienden,' zei Elizabeth, 'en praten tot we geen adem meer over hebben.'

Maar eerst moest er nog iets belangrijks gedaan worden. 's Morgens, voordat ze weggingen, plukte David een boeket wilde bloemen, en Elizabeth en Joshua spraken voor een magistraat in een nabijgelegen vissersdorpje hun trouwbeloften uit. Na de ceremonie, waarvan de schapen en de ezel getuige waren, ging iedereen een verkoelend stukje zwemmen in de Grote Binnenzee, waarna ze zich klaarmaakten voor de lange voettocht naar huis.

Onderweg ontmoetten ze hen allemaal: de Blinde Man, de Apotheker en de Verhalenverteller. De Blinde Man herinnerde David eraan dat hij zijn ogen open moest houden. De Apotheker zei tegen Elizabeth dat ze haar machtige hart moest volgen. En de Verhalenverteller vertelde Joshua dat hij een nieuw hoofdstuk moest schrijven, omdat ieder einde een begin is.

Op weg naar huis ontmoetten ze ook de Schrijver, die op de markt documenten aan het overschrijven was. Bij het horen van Joshua's verslag van de avonturen, beloofde de Schrijver dat hij kopieën zou maken van de Wet van de Vervanging en het gebed wijd en zijd zou verspreiden. 'En als je ouder zult zijn geworden,' zei de Schrijver tegen David, 'kom dan terug en leg *Het boek van de herder* met me vast.'

De jongen glimlachte en zei dat hij het zou doen.

Toen trokken de reizigers verder naar de oude woonstee waar Elizabeths grootvader ooit gewoond had. Het huis was overgroeid door planten en er moesten dringend reparaties worden uitgevoerd. Maar Joshua zag mogelijkheden voor een kleine boerderij. Elizabeth stemde met hem in, want ze dacht eraan in de volgende fase van haar leven vroedvrouw te worden. En David had er nu zijn zinnen op gezet om schrijver te worden, en te leren lezen en schrijven.

'Kijk!' riep David uit.

Ze waren de kamer binnengegaan waar Elizabeths grootvader was overleden en daar hing het aan de muur – een tekening van een vis. Was die daar altijd al geweest? Als dat zo was, zou Elizabeth het beslist hebben opgemerkt, toch? Maar daar was het, een simpele zwart-witte weergave van hetzelfde symbool dat was gestempeld op de hals van de aarden kruik waarin de Wet van de Vervanging zat. Iemand had het boven het bed van Elizabeths grootvader gehangen.

Joshua haalde de tekening van de muur en ontdekte dat er in de muur daarachter een gat gemaakt was. Elizabeth stak haar hand in het gat en haalde er een fles uit. Die was gemaakt van blauw glas en glinsterde in het daglicht.

'Zullen we hem openmaken?' vroeg Joshua.

'Dat zou grootvader gewild hebben,' zei Elizabeth. En dus trok ze de kurk van bijenwas uit de hals van de fles en gebruikte haar lange, dunne vingers om de strak opgerolde rol perkament die erin zat eruit te halen.

Joshua en David kwamen dicht bij Elizabeth staan toen ze het perkament ontrolde. Misschien was het geschreven door een van de monniken, die het toen had laten wegdrijven. Misschien had Elizabeths grootvader de fles uit zee gehaald en verborgen, wetend dat de autoriteiten het zouden willen vernietigen.

Dat was allemaal speculatie. Misschien zouden ze het nooit te weten komen.

Maar nu popelden ze om de boodschap te horen. Elizabeth las hem hardop voor:

'Vervloek niet het duister maar breng het licht
Want God heeft hulp gezonden. God zond jou.'

Joshua hielp Elizabeth de perkamenten rol aan de muur van het huis te hangen, zodat iedereen hem kon zien. En samen met David begonnen ze het oude huis nieuw te maken.

Het gebed

Maak me tot een doorgang voor uw vrede
Laat mij liefde zaaien waar haat is
Laat mij vergiffenis zaaien waar letsel is
Laat me geloof zaaien waar twijfel is
Laat me hoop zaaien waar wanhoop is
Laat me vreugde zaaien waar verdriet is
Laat me licht brengen waar duisternis is
Want het is door te geven dat we ontvangen
Het is door vergeven dat we vergeven worden
En het is door te sterven dat we in het eeuwige leven
geboren worden
Want dit is de Wet van de Vervanging

Nawoord

De Wet van de Vervanging staat vandaag de dag algemeen bekend als 'Het Eenvoudige Gebed', 'Het Vredesgebed' en 'Het Gebed van St. Franciscus', ter ere van de middeleeuwse monnik die opkwam voor de armen, een vriend was voor de dieren en een reusachtig voorbeeld van mede-leven was. De regels van het gebed zijn ook op muziek gezet in het populaire gezang 'Make Me a Channel of Your Peace', geliefd bij miljoenen mensen.

Maar de explosieve, miraculeuze kracht van het gedicht moet nog altijd worden vrijgemaakt. Die kracht zal gevoeld worden wanneer genoeg van ons zich ervoor inzetten om de verandering te worden die wij willen zien in de wereld. Praat niet over de verandering. Zorg dat die er komt. Niemand anders kan het verschil maken dat jij maakt.

Bronnen

De auteur is dank verschuldigd aan de volgende mensen en bronnen:

The Gnostic Gospels van Elaine Pagels, die melding maakt van 'De Vernietiging en Omverwerping van Valse Zogenaamde Kennis' en de regel 'Als je voortbrengt wat in je is, zal wat je voortbrengt je redden'. De auteur heeft beide citaten aangepast.

Dr. James Gray, die iedereen oproept om 'de waarheid te spreken in liefde en de waarheid lief te hebben in iedereen, door sterke dingen zacht en zachte dingen sterk te zeggen'.

Miriam Lukken, die mijn aandacht vestigde op de woorden: 'Ik heb hulp gezonden. Ik heb jou gezonden.' Die zijn hier aangepast door de schrijver.

Gregory K. Jones, schrijver van *Play the Ball Where the Monkey Drops It: Why We Suffer and How We Can Hope.*

James Redfield, auteur van *De Celestijnse Belofte*, die er mijn aandacht op vestigde hoe belangrijk het is een 'kritische massa' te bereiken en 'het beeld vast te houden' om te zorgen dat er dingen veranderen.

Dan Millman, voor de formulering 'een vreedzame strijder'.

M. Scott Peck, voor de formulering 'Mensen van de Leugen', die door de schrijver is aangepast.

De Robert Wood Johnson Foundation, die me bewust maakte van de formulering 'roekeloze vrijgevigheid'.

Ruth Beebe Hill, die me bewust maakte van de formulering 'voortdurende dagelijkse spiritualiteit' uit de praktijk van de Amerikaanse indianen.

Joseph Conrad, voor zijn voorwoord bij *The Nigger of the Narcissus*, waarin hij schrijft over '...die glimp van waarheid, die je vergeten bent te vragen'.

The Golden Compass van Philip Pullman, voor het naar voren brengen van het idee dat de regerende machten vaak bang zijn voor 'waarheden die anders zijn dan die van henzelf', dat hier is aangepast door de schrijver.

Charlotte's Web van E. B. White, voor het benadrukken van de waarde van het ondermaatse lam, een idee dat hier door de schrijver is aangepast.

Dankwoord

De zwakke plekken in dit boek zijn te wijten aan mij alleen, maar veel mensen verdienen dank en eer voor de hulp, steun en liefde die ze me onderweg hebben gegeven.

Allereerst Bob Miller, zonder wie dit boek niet zou bestaan. Toen *Het boek van de herder* nog niet meer was dan een glinstering in het oog van de auteur, zag Bob dat. Hij onderkende wat het kon worden – zou worden – en schetste zijn beeld van de mogelijkheden. Dank je, Bob, voor je vriendschap en omdat je een plaats voor me hebt gevonden bij HarperStudio, waar je een nieuwe en vruchtbare cultuur van partnerschap opbouwt.

Mijn vrienden Cathi en Ron Shapiro, dank voor jullie vertrouwen en goedheid. David Black en zijn geweldige staf bij het David Black Agency, dank voor jullie begeleiding en geduld. Aan de uitzonderlijke mensen die werken bij HarperStudio – Debbie Stier, Sarah Burningham, Julia Cheiffetz, Katie Salisbury en stagiaire Martha Batalha – en bij HarperCollins – Kim Lewis, Lorie Young, Juliette Shapland, Brenda Segal, Eric Butler, Leah Carlson-Stanisic, Nikki Cutler, Doug Jones en Mary Schuck – ik ben blij dat ik bij jullie hoor. Een speciaal woord van dank voor

Suzanne Stradley voor de gevoelige manier waarop ze de tekst geredigeerd heeft.

En mijn buurman, Dean Ordway, die een plaquette heeft waarop staat: '...tel geen schapen, praat met de herder.' Ik dank je voor je vriendelijkheid.

De mensen die me elke dag op alle manieren ondersteunen, aan wie ik alles te danken heb: mijn gezin. Mijn man Kenny, die altijd mijn partner en mijn vriend geweest is, die me altijd naar een hoger niveau heeft gebracht en die me liefde en aanmoediging heeft gegeven waar twijfel en wanhoop waren: ik dank je. Als ik iets niet weet, weet ik aan wie ik het moet vragen.

Aan mijn moeder Anna, die een toonbeeld van liefde is. En aan tante Pearl, die op me past.

En ten slotte mijn kinderen, Jenny en Colin, die me altijd die 'glimp van de waarheid' gegeven hebben, waarnaar ik vergeten was te vragen. Ik heb geen woorden om mijn liefde en dankbaarheid uit te drukken. Alleen het gestadige kloppen van mijn hart.

Over de auteur

Joann Davis, die vele publicaties op haar naam heeft staan, is getrouwd met de schrijver en historicus Kenneth C. Davis. Samen hebben ze twee volwassen kinderen, Jenny en Colin, en ze wonen afwisselend in New York City en Dorset, Vermont.